JN441408
마왕입니다.
I AM A DEMON KING.
I GOT REMARRIED TO A MOTHER
OF A BRAVE WOMAN, SO SHE
BECAME MY DAUGHTER-IN-LAW.
여용사의 어머니와 재혼해서, 여용사가 의붓딸이 되었습니다.
2
AUTHOR
KISETSU MORITA
모리타 키세츠
ILLUST SUSHI*
스시*

CONTENTS

1 마왕, 의붓딸을 교육하다 009

2 마왕, 후계자 문제로 고민하다 027

3 마왕, 입태자 의식을 치르다 053

4 마왕, 임시 직원을 모집하다 083

5 마왕, 딸에게 특훈을 부탁받다 095

6 마왕, 딸의 인간관계에 대한 고민을 듣다 125

7 마왕, 가족 서비스 여행을 가다 159

8 마왕, 죽은 아내와 재회하다 207

AUTHOR 모리타 키세츠 ILLUST 스시*

CHARACTAR

레이티아

직업:주부.
여자 혼자서
안젤리카를 키웠다.

안젤리카

직업:용사.
왕국 공인. 실력은 있지만,
조금 직관적인 여자아이.

갈트 류젠

직업:마왕. 전처와는 사별함.
육아 초보이나
이번에 아버지가 된다.

젠케이

직업:무도가.
어딜 봐도 미소녀지만
남자다.

나할린

직업:신관.
기적의 무녀라는
별명으로 불린다.

세레네

직업:마법사.
안젤리카의
언니 같은 존재

프라이세

직업:닷틀 공작.
류젠 가문의 먼 친척
갈트에게 미인계를 쓰느라
여념이 없다.

사사야

갈트의 죽은 전 부인.
레이티아, 안젤리카와
상당히 닮았다.

토르아리나

직업:마왕의 비서.
반장 같은 캐릭터로
매우 우수하다.

자우니스

직업:도적.
성품은 가볍지만
속은 괜찮은 녀석.

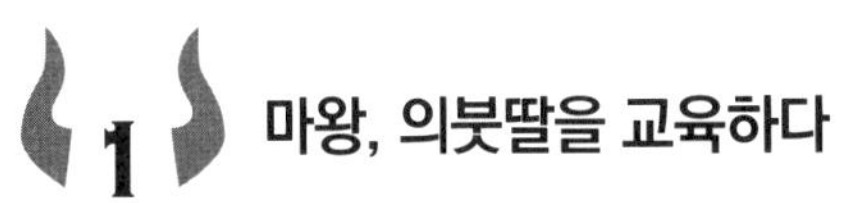

1 마왕, 의붓딸을 교육하다

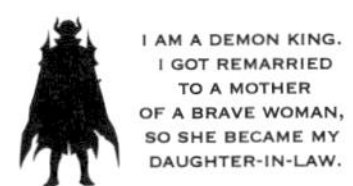

어느 날 밤, 나는 식탁에서 인간 왕국── 마스게니아 왕국의 책을 읽고 있었다.

옛날에 인간이 쓰던 마법을 연구한 책이다. 인간의 마법은 역시 인간이 더 잘 알겠지. 마족 세상에는 없는 독특함이 있어 재밌다.

그때 막 목욕을 끝낸 안젤리카가 다가왔다.

지금 나왔다고 제 입으로 말한 건 아니지만 목에 목욕 수건을 걸친 데다 머리카락도 젖어 있고, 게다가 머리에서 김까지 올라오고 있으니 틀림없겠지.

"마왕, 공부 열심히 하네. 일하는 시간도 아니잖아."

"일하려고 읽는 게 아니란다. 오락의 일환이지."

"흐응. 마왕이 무슨 생각을 하는지 잘 모르겠어…… 아니, 이게 뭐야?!"

갑자기 안젤리카가 내 쪽으로 얼굴을 내밀었다. 왜 저러지? 내가 뭘 잘못 말했나?

"그거, 왕국 책이잖아! 제목도 왕국어고……."

"왕국의 책이니 당연하지. 무얼 놀란 거야?"

"마족인데 왕국어로 된 책도 읽을 수 있어?! 마족의 언어랑은 전혀 다를 텐데?"

"당연히 읽을 수 있지. 표기법이 약간 다를 뿐이니까."

안젤리카의 말대로 마족의 언어와 인간의 언어(정확하게는 마스게니아 왕국어)는 표기법(문자)이 다르다. 지역이 다르기에 그건 어쩔 수 없겠지.

하지만 발음은 거의 비슷해서 조금만 공부하면 금방 읽을 수 있다. 방언 정도의 차이밖에 없는 셈이다.

"대단하네. 더구나 그건 오래된 책이라서 같은 왕국어라도 지금이랑은 다른 곳이 있을 텐데……."

"그 정도는 아무 문제 없어. 먼 옛날에 마스게니아 대학에 유학했던 적도 있고."

"진짜 지식인이구나……. 어? 뭐, 뭐, 뭐, 뭐라고!"

"너무 소리 지르지 마라. 이웃집까지 들리겠다."

용사라서 그런지 몰라도 안젤리카의 목소리는 잘 울린다.

어쩌다가 그 대범하고 모든 것을 포용할 수 있는 다정함을 가진 레이티아 씨에게서 이렇게 순진한 용사가 태어난 건지…….

영원한 수수께끼일지도 모르겠군.

생부의 피를 진하게 이어받은 건가. 그것 말고는 떠오르는 게 없군. 레이티아 씨가 이런 성격으로 키웠을 것 같진 않고…….

"그래서 이번엔 또 뭐냐. 네가 뭐에 놀라는지 통 모르겠어."

"마왕이 인간이 다니는 대학에 다녔다니, 말이 안 되잖아! 입학 허가조차 나오지 않을 거라고!"

나는 변신 마법을 조용히 읊었다.

이걸로 뿔이 사라졌을 거다.

거울을 보진 않았지만, 뭐, 이렇게 간단한 마법에 실패할 리는 없으니 없어졌겠지.

“이렇게 뿔을 감추면 얼마든지 숨어들 수 있단다. 게다가 지위가 높은 마족들이 아이를 인간들의 대학에 유학시키는 건 으레 있는 일이야. 전쟁을 포함해서 인간과 마주칠 일이 많으니, 인간의 문자를 모르면 여러모로 불편하거든.”

“이럴 수가…….”

안젤리카가 목에 감고 있던 목욕 수건이 마루에 떨어졌다. 깜짝 놀란 듯하다.

“뭐, 애초에 이 정도는 배우지 않아도 조금만 공부하면 읽을 수 있단다. 게다가 이 책은 신성 문자를 쓴 것도 아니고. 한번 읽어보렴.”

나는 책을 안젤리카에게 내밀었다.

안젤리카의 머리에 ‘?’가 떠오른 것 같았다.

얼굴을 보니, 아무래도 하나도 못 읽는 것 같은데…….

“으음…… 이 단어는『마법』이라는 말이고…… 음…… 이건 마법사인 세레네나 신관인 나할린이 말한 걸 들은 적이 있어서 알아……. 다음 단어는…… 좀 이상하니 넘어가고. 이것도 넘어가고, 이것도 넘어가고…….”

이 녀석, 한 줄도 제대로 못 읽잖아.

오래된 말이긴 하지만 지금 쓰는 말과 크게 다르지 않은데.

왜 저렇게 얼어있지……? 석화 마법에라도 걸렸나?

좋지 않은 예감이 든 나는 방에서 현대어로 쓰인 왕국의 책을 가져왔다.

"안젤리카, 이걸 읽어 봐라. 마스게니아 왕국 농업에 관한 책이다."

"이건 나도 알아. 바로, 양배추에 관한 책이야!"

그래, 그야 옆의 삽화가 양배추니까…….

"그래서 양배추가 어떻다고 적혀 있지?"

"……신선한 양배추는 달다……?"

"정답은『양배추 농가, 태풍에 타격. 공공 지원이 필요한가?』야."

이제 알겠다. 아니, 알아 버렸다.

안젤리카는 멍청하다!

"아니, 용사는 마법을 쓰지 않나? 마법은 그만한 지식이 없으면 쓸 수 없을 터다만?"

"마법 주문을 통째로 외웠지. 그리고 의지만 있으면 돼. 주문을 외우는 소리가 꿈에 나올 정도로 계속 읊다 보면 되거든. 그때는 참 힘들었지."

정말 막무가내로 마법을 배웠잖아!

노력은 가상하다만, 안젤리카가 너무 멍청하다.

남들이 공부할 때 용사가 되어 여행을 다니는 바람에 배워야 할 것을 배우지 못했나.

이대로는 안 된다.

전란의 시대라면 단순해도 상관없지만, 이미 마족과 인간이 싸우는 시대는 끝났다.

앞으로는 머리를 쓰지 않으면 살아갈 수 없는 세상이 다가올 거다.

게다가 멍청하다면 그만큼 누군가에게 속기 쉽다.

사기를 당하거나 나쁜 남자에게 이용당할 가능성도 있다.

무엇보다 의붓딸이 정말 멍청한데, 교육하지 않고 그냥 놔두었다간 사람들이 나를 백안시할지 모른다.

이대로는 부끄러워서 시집도 못 보낸다. 상대방도 질겁하겠지.

결국에는 지능이 비슷한 녀석끼리 모여 어울릴지도 모른다.

제대로 된 시집을 보내려면 의붓아버지인 내가 책임지고 가르쳐야겠군!

나는 안젤리카의 어깨에 손을 툭 얹었다.

“내일부터 내가 공부를 가르쳐 주지.”

“어! 왜?! 귀찮아!”

사춘기 아이가 공부를 좋아할 리는 없지만, 안젤리카의 머리는 무시할 수 없는 수준이다.

“공부해라! 애초에 넌 용사잖아! 마왕보다 멍청해도 정말 괜찮은 거냐?!”

“큭! 그건 그렇지만, 나는 사랑, 용기, 정의가 있으니까 괜찮아!”

나왔구나. 그럴싸한 말로 물타기 작전.

“그럼, 그 용기와 정의를 한 번 써봐라. 이 책 빈 곳에.”

안젤리카가 곧바로 글자를 적었다.

역시나 틀렸군.

"봤지? 어때!"

"뭘 쓰려고 했는지는 알겠다만―― 틀렸다."

"으, 일단 알아먹긴 했으니까…… 괜찮다 치고 넘어가자……."

위험하다. 단어도 틀릴 정도면 문장이 될 리가 없다.

"제대로 하나부터 열까지 가르쳐주마. 목표는 마스게니아 대학 합격으로 할까."

"세상에서 제일 어려운 던전에 도전하라니…… 얼마나 귀축인 거야……?"

"그렇다면 그 던전을 매년 몇백 명은 도전하는 셈이군."

아버지로서 할 일이 하나 늘었다.

◇

다음 날 밤, 나는 안젤리카의 방으로 갔다.

책상 앞에 안젤리카가 앉아 있었고 그 옆에 내가 서 있었다.

내가 안젤리카를 가르치겠다고 하자 레이티아 씨도 「멋지시네요~♪」라면서 기분 좋게 찬성해 주었다. 딸을 공부시켜서 좀 더 똑똑하게 만든다고 하면 레이티아 씨가 아니라 어떤 부모라도 반대할 리가 없다.

"으으…… 이렇게 될 줄 알았다면 마왕이랑 싸웠을 때 어떻게든 쓰러트렸을 거야……."

치명타를 세 번 연속으로 맞고 시작해도 내가 이길 만큼 실력 차이가 있다만…….

"먼저 네 실력이 어느 정도인지 몰라서 어학 초급편에 있는 텍스트를 썼다. 아무리 그래도 이 정도는 알겠지——."

"쿨, 쿠울……."

잠드는 속도 진짜 빠르네!

어떻게 된 거지? 아직 시작도 안 했는데! 애초에 공부하다 잠드는 건 너무 단조로워서 졸음이 올 때가 아닌가? 옆에서 내가 이야기하고 있는데 어떻게 자는 거지.

나는 안젤리카의 어깨를 흔들었다.

"일어나라. 아니, 어떻게 잔 거냐? 졸려……? 밤새웠어……?"

"……하루에 여덟 시간은 자는데."

잠은 제대로 자는군.

그렇다는 건 몸이 공부에 거부 반응을 보이는 건가.

"먼저 거기 단어부터 적어 봐라. 내가 옆에서 채점하마."

"이 정도는 나 혼자서 채점해도 되지 않을까? 아는지 모르는지만 보면 되니까."

"너 혼자 두면 공부를 안 할 것 같으니 감시할 놈이 필요하다."

"역시, 마왕이 용사를 믿을 리가 없지."

용사와 마왕 사이에 생기는 문제로 바꿔서 도망치지 마라.

조금 지켜본 결과, 제대로 기억하지 못하는 게 많았다.

한편, 단어를 읽는 법은 일상생활에 지장이 있을 정도로 모르지는 않았다.

즉, 공부를 제대로 하지 않았다는 말이다.

인간 나라에는 의무 교육이란 게 없었지. 내가 제안해볼까…….

"음, 채소나 과일은 전부 읽을 수 있군. 조금만 연습하면 쓰기도 할 수 있겠어."

"이렇게 빨리 성장하다니. 역시 난 대단해."

양배추라든가 양파라든가 고작 단어를 쓰는 것부터 어려워하면 앞날이 멀다고.

그렇지만 이럴 때는 칭찬해서 의욕을 키워줘야 한다.

그보다, 너무 모르는 게 많아서 그걸 일일이 지적했다간 공부를 싫어할 거다.

"그래, 멋지구나! 역시 용사구나! 다음은 방에 있는 물건을 단어로 써 보자! 자, 가라!"

"마왕, 날 바보 취급하는 거야?"

"진짜 바보니까 어쩔 수 없잖니……."

냉정하게 생각하지 말고 바보답게 낚여서 기뻐하라고.

그 뒤로도 보람 없는 공부를 이어갔다.

그래도 수준이 낮은 만큼 실력이 금방 늘어서인지 안젤리카도 꽤 의욕을 보였다. 이번에는 잠들지 않았다.

"자, 단어를 몇 번이고 써라! 이런 건 외우는 녀석과 외우지 않는 녀석, 둘 중 하나밖에 없는 세상이다! 전부 외우는 게 승리다! 너라면 할 수 있다! 너는 용사니까!"

ZZ..

"벽, 벽, 벽, 벽, 벽, 벽……."

중얼거리면서 안젤리카가 단어를 썼다.

"창문, 창문, 창문, 창문, 창문, 창문……."

점점 내가 특수한 고문을 하는 듯한 기분이 들었다. 하지만 이래야 안젤리카에게 도움이 되겠지.

"좋아, 그 기세로 계속 가면 대학 따위는 1년이면 합격할 수 있다! 자, 힘내라! 영광이 기다린다!"

"창문, 창문, 창문, 창문, 창문, 창문, 창, 문, 졸려…… 음냐."

자유 연상법이라도 하듯이 잠들다니. 자는 것도 수준급이군.

나는 안젤리카가 쓰던 노트를 들었다.

이러니저러니 해도 일상적으로 쓰는 단어는 쓸 수 있게 되었다.

"머리가 나쁜 건 아니군. 그냥 공부를 아예 안 했을 뿐이었어."

음, 안젤리카야, 힘들어도 맞서렴. 어려운 일에도 맞서는 자야말로 용사다.

다음엔 산술이나 역사, 그 밖의 다른 과목도 가르쳐 줄게. 각오하렴.

——라는 생각을 하는데 레이티아 씨가 다과와 차를 가지고 방에 들어왔다.

"어때? 공부는 잘하고 있어?"

그 순간 갑자기 안젤리카가 잠에서 깼다.

"와, 과자다! 과자! 과자 냄새!"

먹을 것에 반응해서 잠을 깨다니!

본능이 가리키는 대로 살아가는 것도 정도가 있지…….

레이티아 씨가 내 귀에 대고 말했다.

"안젤리카는 단순하니까, 잘~ 치켜세워주면 열심히 할 거예요."

"레이티아 씨도 알고 계셨군요……."

"잘 가르치면 빠르게 성장할 가능성이 있어요. 검술도 용사가 될 정도로 성장했으니까요."

듣고 보니 그렇군.

오늘도 내가 내준 범위는 확실히 끝냈다.

오히려 이대로 페이스를 유지해서 계속 배워나간다면 정말로 똑똑해질 가능성도 있지 않을까?

우리 딸이긴 하지만 너무 고평가했나…….

일주일 동안 공부한 결과, 안젤리카는 읽기, 쓰기를 할 수 있게 되었다.

"하, 하, 하, 하! 이게 내 실력이야! 이제 바보라는 소리 안 들어도 돼!"

"자랑스러워할 실력은 아니지만, 혼자서 편지 정도는 쓸 수 있게 됐구나."

"이제, 파티 애들도『이 녀석, 바보다』라는 시선으로 쳐다보진 않겠지!"

살짝 눈물이 날 것 같았다.

너, 역시 그런 걸 신경 쓰고 있었구나.

"그래, 안젤리카. 이 수련을 잘 견뎌냈다."

"난 용사니까. 선택받은 사람이야!"

우쭐거릴 실력은 아니지만, 저번 주보다 훨씬 똑똑해진 건 확실하다. 뭐, 레벨 1보다 약해질 리가 없지.

"음, 그렇지만 여기서부터가 실전이다. 지금까지는 준비 단계이지."

"준비 단계? 거짓말이지……?"

안젤리카가 불안한 표정을 지었지만, 거짓말이 아니다.

"내일부터는 오전, 오후에도 수업하겠다. 그리고, 여러 과목과 싸울 것이다! 명심해라!"

"뭐? 역시 장난치는 거지? 그건 페이크잖아!"

왜 저렇게 자신만만하게 말하는 거지……?

"마왕이 일하는 시간이랑 딱 겹치잖아."

"아, 그 말이군. 논리적 사고에 의한 부정이구나."

"뭐, 그럴 마음이 들면 열흘에 하루 정도는 나 혼자서라도 공부해 줄 수도 있는데."

혼자 공부할 생각은 전혀 없구나.

"안젤리카여, 내일 무슨 일이 일어나는지 두 눈을 직접 보고 절망하거라."

나는 마왕다운 발언을 하고 안젤리카 방에서 나왔다.

"수고하셨습니다~♪"

레이티아 씨가 차를 가져왔다.

딸의 교육은 아내와 둘이서 하는 이인삼각이다.

"안젤리카는 일주일 만에 꽤 괜찮아졌습니다. 적어도『손쓸 도리도 없는 바보』취급을 받을 일은 없겠죠."

"잘됐네요. 내일부터 좀 더 똑똑해지면 좋을 텐데."

"네, 레이티아 씨, 잘 부탁합니다."

다음 날 밤.

집에 돌아오니 안젤리카가 울상을 짓고 있었다.

원망하듯 나를 쳐다보면서 말했다.

"마왕, 날 속였어……."

"난 거짓말한 적 없다. 오히려, 네가 마음대로 자기 자신을 속인 거지."

"왜, 세레네와 나할린이 날 가르치러 오는 거야!"

"가정교사로 불렀으니 왔지."

세레네, 나할린은 둘 다 안젤리카와 같은 파티다.

마법사든 신관이든 머리가 어느 정도 좋아야 하니 꽤 지식을 쌓았을 것이다. 초등 교육 정도는 가뿐할 거다.

"『안젤리카를 똑똑하게 만드는 걸 도와달라』고 부탁했더니 이 두 사람이 꼭 돕고 싶다고 했다. 좋은 동료들이구나."

"파티가 마왕의 편이 되다니……."

사람이든 마족이든 비슷한 지식을 가진 녀석들끼리 어울리기 마련이니 계속 바보로 있으면 너만 고립된다. 그게 싫으면 좀 더 공부하려무나.

“빨리 우리가 있는 영역까지 성장해라. 나는 대학에 유학할 수 있는 수준에서 기다리고 있을 테니, 가능한 한 꾸준히 해서 따라잡으렴.”

“세레네는 쓸데없이 엄하고, 나할린은 소곤거려서 알아듣기 힘들어…….”

세레네와 나할린이 잘 가르치는지는 불명이지만, 동료니까 어떻게든 따라가라.

“나는 지지 않아……. 용사니까, 포기할 순 없어…….”

오, 그래. 싸우는 자의 얼굴이 됐군.

마왕을 쓰러트리고자 하는 신념을 공부에 쏟아라.

그럼 네가 위대한 학자가 될 가능성이 조금은 있다고 믿어 주마. 신념은 가끔 터무니없는 끈기를 발휘하니까.

“거기에, 커리큘럼을 하나 끝낼 때마다 엄마가 과자도 만들어 주니…….”

음식에 낚인 거였나.

레이티아 씨는 딸을 제대로 제어하고 있구나. 역시 대단합니다.

◇

파티의 도움을 받아 안젤리카는 계속 공부를 이어갔다.

본인이 말하기를, 내 성에서 싸웠을 때보다 더 힘들었다고 한다. 그건 엄살이지…….

——그렇게 한 달이 지났다.

어느 휴일. 교사를 맡은 세레네와 나할린이 나란히 서 있었다.

"그럼, 지금부터 학력 진단 시험을 시작한다. 시작!"

안젤리카는 프린트에 이름을 쓰고 답안을 작성하기 시작했다.

작은 소리로 나할린이 말했다.

"지금까지 느껴보지 못한 기백이 느껴져. 안젤리카에게 이 시험은 전장이야."

세레네가 팔짱을 낀 채로 말했다.

"용사 안젤리카가 다음 단계로 나아갈지 어쩔지를 나타내는 시금석이 될 거야."

"나아가지 못해도 괜찮다. 다시 도전하면 된다. 의욕이 있다면 문은 크게 열려 있다."

공부하겠다는 의지만 있다면 안젤리카의 승리다.

그리고 시험 시간이 끝났다. 마지막 답안지까지 꽉 채워져 있었다.

"자. 채점해 줘!"

안젤리카가 답안지를 우리에게 내밀었다.

곧바로 별실에서 내가 맡은 과목을 채점했다.

안젤리카야, 네 마음을, 이 눈으로 철저하게 확인해 주마.

채점이 끝났다.

우리 셋은 다시 안젤리카의 앞으로 가서——

일제히 손뼉을 쳤다.

결과는 멋지게—— 합격!

“벼락치기로 배운 지식이라 바로 대학에 들어가는 건 어렵겠지만 이대로 면학에 힘쓰면 분명히 그 벽을 뚫을 수 있을 거다.”

“이렇게 진지하게 공부에 몰두하는 건 신관이라도 드문 일이야.”

“안젤리카, 해냈구나! 곱셈도 아슬하던 네가 고등 산술을 이해하다니!”

안젤리카가 가슴을 폈다.

“나는 용사니까. 어떤 어려움도 이겨내는 게 당연하지.”

다만, 그 뒤에 반동이 왔다.

집에 돌아왔더니 세레네가 울면서 달라붙었다.

“오, 오늘도 가정교사를 하러 온 건가. 고맙——.”

“안젤리카가 모험가라는 직업은 리스크가 높으니 안정적인 직업을 갖고 싶대요!”

안젤리카는 부엌에서 진지한 얼굴로 앉아 있었다.

“맞아, 세레네. 모험가는 장래에 대한 보증이 없어. 게다가 체력이 줄어들면 활약하기도 힘들고, 모험가로 일할 수 있는 기간도 별로 길지 않아. 똑똑한 사람이라면 안정된 직업을 가져야지. 그러기 위한 문화 자본도 손에 넣었잖아.”

큰일이군.

모험가라는 개념 자체를 부정하기 시작했다.

역사와 경제의 첫걸음을 배운 건 좋지만 영향을 너무 많이 받았나 보다.

“안젤리카는 단순한 모험가가 아니라 용사니까 괜찮지 않을까……?”

“용사라는 것도 어차피 절반은 그냥 칭호뿐인 존재잖아. 나라에서 특별히 보증해주는 것도 없고. 뭐, 난 적립식 연금은 가입할 생각이지만.”

그 후, 세레네와 함께 안젤리카를 설득하는 데 세 시간 걸렸다. 저쪽도 이론으로 무장하고 있어서 힘들었다.

똑똑해진다고 해서 좋기만 한 건 아니군…….

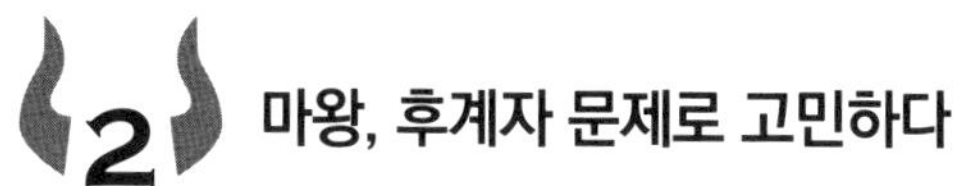

2 마왕, 후계자 문제로 고민하다

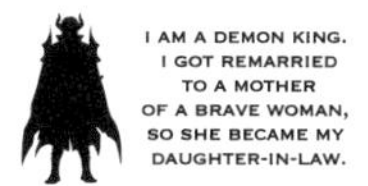

갑작스러운 이야기지만, 내 이름은 갈트 류젠이다.

레이티아 씨는 갈트 씨라고만 부르고, 다른 사람은 마왕이라고 부르기에 평상시에는 성씨를 의식하지 않지만, 류젠 가는 말할 필요도 없이 명문 중의 명문이다.

내가 마왕에 즉위한 게 가장 명확한 증거다. 오랫동안 류젠 가문 출신들이 마왕의 자리를 맡아 왔다. 그만큼 대단히 유서 깊은 집안이다.

그리고 당연하지만, 류젠 가도 친척이 있다.

사실, 혈통이 가까운 자들은 꽤 오래전에 후계자 분쟁 등 여러 이유로 죽었기에 지금은 수가 크게 줄어 딱히 실력자라고 부를 만한 인재도 없지만, 어쨌든 친척이 있긴 있다.

농담이 아니고 정말 '있기는 있다' 정도다. 나도 그날까지 완전히 잊고 있었다.

"그럼, 지금부터 마족 중앙 위원회를 개최한다."

의장이 선언했다.

"모두, 마왕님께 경례!"

모든 사람이 일어나서 나에게 경례했다.

전부 중요한 위치에 있는 사람들이다. 이 자리에 안젤리카가 있었다면, 모두 보스 같아 보인다고 했겠지. 실제로 마족 16장은 나를 제외하고 마족에서 가장 강해 보이는 16명으로, 그들과 나, 내 비서인 토르아리나만이 마족 중앙 위원회에 참석할 수 있다.

나에게는 익숙한 광경이지만, 솔직히 거북하다.

이 위원회는 의례적인 요소가 너무 강하다. 중요한 의사결정 기관이라는 건 이해하고 있지만, 좀 더 간소화해도 좋을 것 같은데.

——물론, 과거에 몇 번이나 제안했지만, 함부로 전통을 파괴해서는 안 된다는 소리에 늘 각하 당했다.

마왕 중앙 위원회는 의제를 다수결로 결정하니 마왕이라고는 해도 억지로 안건을 통과시킬 순 없다. 그렇기에 의사결정 기관으로서의 가치가 높다고 말할 수 있다.

사실 내가 위원회 밖에서 강행할 수도 있지만, 그런 짓을 하면 위원회를 경시한다는 불평이 튀어나올 게 뻔하기에 별로 좋은 수단은 아니다.

허례허식을 하다 혼난다면 모를까, 간소화를 강행하려니 투덜대다니, 바보 같은 이야기다.

마족 중앙 위원회는 조용히 진행됐다.

이번에는 옥신각신하고 있는 의제도 없으니까 복잡해질 것도 없이 끝날 것이다. 응, 일찍 귀가해서 레이티아 씨가 해준 요리를 먹고 싶다.

아니면 내가 요리를 해서 레이티아 씨에게 대접하던가.

전반의 마지막 의제가 끝나서 휴식 시간이 되었다.

나는 곧바로 화장실에 갔다.

회의 도중에 화장실에 가면 눈에 띄기도 하고, 발언하는 녀석들이 전부 한자리 하는 놈들이라, 누가 발언할 때 나가면 그 사람의 기분을 상하게 만들 수 있으니 조심해야 한다.

정말이지, 그런 시시한 걸 일일이 신경 쓰는 것도 웃기는 이야기지만, 대인관계에선 중요하니 개선할 수도 없다.

화장실에서 돌아왔더니 회의실에서 마족들이 잡담을 나누고 있었다. 회의도 이렇게 하면 안 될까.

"마왕님, 재혼 축하합니다."

나에게 인사한 건 검은 로브를 입고 얼굴도 마스크로 가린 안나이스라는 사람이었다.

"음, 여름은 더우니까 다른 옷을 입는 게 낫지 않겠나? 지금도 땀 흘리고 있는 거 같은데."

나는 마왕이니 부하의 상태도 파악하고 있다.

"아니, 아닙니다…… 물은 제대로 마시고 있으니 괜찮습니다. 사우나라고 생각하면 별거 아닙니다……."

싸우러 나온 것도 아니고 얼굴 정도는 보여도 괜찮은데. 뭐, 본인의 자존심이겠지. 패션이라 한다면 그냥 오기를 부리는 거다.

"그리고, 최근에 살이 찌는 바람에 얼굴을 보이는 게 부끄럽습니다……. 평상시에 얼굴을 숨기고 있는 만큼, 얼굴을 내놓기가 더 힘드네요……."

"그런가. 고생이 많군……."

강해 보이기도 쉽지 않다. 만약 수수한 아저씨가 16장에 선출되면 다들 온갖 수단을 써서 강해 보이려고 할 거다.

얼굴을 숨기는 건 자주 쓰는 수법이지만 이런 식으로 얼굴을 내놓기 힘들어진다는 부작용도 있다.

"그건 그렇고, 재혼 축하, 고마워."

용사의 모친과 재혼했으니 불만을 품은 사람이 있을 수도 있다.

"네. 어쨌든, 이걸로 후계자도 정해진 거나 마찬가지니, 마족의 미래도 이제 안심이군요."

"어? 후계자라니, 무슨 소리야?"

무슨 이야기인지 전혀 이해하지 못했다.

어딘가의 전통 예술이 대가 끊길 위기였던가?

마족은 수명이 길어서 생각보다 쉽게 끊어지지 않는데?

"아뇨, 아뇨. 다음 마왕 후보── 황태자 말입니다!"

황태자! 그러고 보니 계속 못 정하고 있었어!

"어휴, 죽은 사사야 왕비가 자식을 못 가져서 마왕 자리를 누가 이을지 모든 사람이 마른침을 삼키면서 살피고 있었습니다만, 드디어 좋은 후보가 나왔네요!"

아무래도 혈통이 가까운 사람이 없어서 누가 후계자가 될지 억측이 흘러나왔던 모양이다.

그다지 사이좋은 사람도 없고, 함부로 결정하면 그 녀석이 마왕이 되려고 내 목숨을 노릴 위험도 있어서 일부러 발표하지 않았다.

"그런데 누구를 말하는 건가?"

"그야, 마왕님의 의붓자식이 된 안젤리카 공이죠."

안나이스가 시원스럽게 말했다.

진심이냐! 자식은 자식이지만, 피가 이어진 것도 아니고, 하물며 용사인데?! 그래도 돼?!

나는 빙 돌려서 그 점을 물었다.

"용사라고 하면 일찍이 마왕의 최대의 적이었으니, 그 정도로 존재감 있는 사람이 마왕이 되는 게 좋지 않냐는 의견이 많습니다."

아, 괜찮은가 보군…….

"거기에, 마왕님도 아시겠지만, 류젠 가에는 이제 이렇다 할 인물이 남아있질 않으니까요……. 어차피 딱 '이 사람이다' 할 인재가 없다면, 차라리 그게 그나마 덜 불공평하겠다는 생각이 듭니다."

류젠 가, 정말 영락해버렸구나…….

그건 그렇다 치고.

안젤리카가 차기 마왕 후보가 될 줄은 몰랐군…….

안나이스가 주먹을 꽉 쥐고 나에게 진언했다.

"꼭, 최대한 빨리 안젤리카 공을 후계자로 지명해야 합니다! 그렇게 하면 마족 전체를 안정시킬 수 있습니다! 안젤리카 공은 마족을 잘 모를 테니, 교육할 시간도 필요하고요!"

"그건 그렇다만, 용사였던 사람이 「그럼 제가 마왕을 할게요」 하고 간단히 끄덕일 것 같진 않은데……."

"뭐, 마왕님이 하라고 명령하면 누구든 따를 수밖에 없으니, 말씀만 하시면 됩니다. 호호호."

이 녀석, 남의 일이라고 되는대로 말하는군…….

"아, 혹시 재혼하시고서 얻은 자식이 있으십니까? 그러면 그분이 더 적합하겠군요. 마왕님의 피를 이어받았으니 자격이 충분합니다."

"그건…… 그, 아직 없다……."

가정 문제를 그렇게 거리낌 없이 묻지 마라.

아니 꼭 가정 문제라고만 할 수는 없나. 마왕이니까 정치적 문제가 될 수도…….

"어쨌든, 임시라도 괜찮으니 이 기회에 후계자로 발표해두는 게 좋을 것 같습니다. 류젠 가에서 유력한 사람은 이제 마왕님 한 사람밖에 없는 상황이고, 류젠 가에서 왕조를 바꾸기에 여론도 나쁘지 않고요."

어느새 다른 16장 몇 명도 같이 고개를 끄덕이고 있었다.

"마왕님, 저도 그렇게 생각합니다!"

"명문 류젠 가라는 이름값도 못 하는 먼 친척을 왕으로 삼기보다는 마왕님의 따님에게 맡겨야 합니다!"

"마족 전체의 미래를 위해서라도 검토해주십시오!"

으아…… 일이 귀찮아졌군.

"다녀왔어……."

나는 어두운 얼굴로 평소보다 늦은 시간에 귀가했다.

"아, 마왕, 어서 와. 왜 상사에게 혼난 회사원 같은 얼굴이야? 마왕은 상사도 없잖아."

안젤리카는 식탁에서 과자를 먹고 있었나. 식사는 벌써 끝냈겠지.

"갈트 씨, 어서 오세요. 지금 식사를 차려드릴게요~♪"

"네, 감사합니다. 레이티아 씨."

안젤리카는 아직 자기 방으로 들어가지 않고 아직 테이블에 앉아 있었다.

말할 거면 빨리 말하는 게 좋겠지.

분위기가 무거워지는 것도 싫고, 레이티아 씨에게도 말해 두는 게 좋을 테니.

상이 차려진 순간에 나는 안젤리카에게 말했다.

"저기, 안젤리카. ……마왕에 흥미 있니?"

안젤리카가 기분 나쁜 것을 보는 듯한 눈으로 나를 쳐다봤다.

정말 사춘기 딸이 아버지를 보고 짓는 표정…….

"그건 무슨 의미야? 「아빠, 좋아해?」 같은 질문? 솔직히 그런 질문을 하는 것 자체가 기분 나쁜데."

"아니! 그건 오해다! 내가 아니라, 마왕이란 개념에 흥미가 있냐는 말이었다!"

"그야, 흥미는 있지. 용사는 마왕을 쓰러트리는 존재라고 정의

할 수 있으니까. 역대 용사 중에는 마왕을 쓰러트리지 못하고 패배한 사람도 있지만, 역시 마왕을 쓰러트린 용사가 눈에 띄잖아?"

그건 그렇지.

이래서야 마왕이 될 수 있다면 되고 싶어, 라는 말은 절대 안 나오겠군.

"근데, 그게 왜?"

"오늘은 좋은 사슴 고기와 토끼고기가 들어왔어요~. 갈트 씨가 자주 사용하던 향신료로 맛을 내봤어요~."

"오, 맛있겠네요. 잘 먹고 내일도 또 노력하겠습니다!"

"다른 대화로 도망치지 마! 분명히 뭔갈 말하려고 했잖아! 마왕이라는 개념에 관한 의식 조사 같은 거로 끝일 리가 없잖아!"

안젤리카가 눈치를 챈 듯했다.

"그, 난 현역 마왕이잖아?"

"그렇지."

"즉, 이 마스게니아 왕국 국왕이랑 비슷하단 말이야."

"그렇겠지."

"……그럼, 문제를 하나 내지. 국왕은 다음 국왕을 결정하는 싸움으로 나라가 분열되지 않게 하려고 미리 다음 국왕 후보를 결정하곤 해. 그 후보를 뭐라고 하게?"

"왜 갑자기 퀴즈가 나와?"

응, 나도 너무 억지였나 했어.

"어쨌든, 대답해봐."

"나라에 따라 다를지도 모르겠지만, 이른바 후계자라는 거잖아."

"그렇지."

레이티아 씨가 「안젤리카, 똑똑해졌네~」 라고 칭찬했다. 아마, 그 정도는 공부해서 똑똑해지기 전부터 알고 있었을 것 같은데.

"그러면…… 마왕이 후계자는 누가 되어야 할까?"

"마왕은 자식이 없잖으니까 사촌 형제라든지 조카가 되겠지. 그것도 없으면 좀 더 먼 친척이 되던지. 마왕의 친척이 다른 왕가와 결혼했다면, 거기 당주가 마왕을 이을 수도 있고."

안젤리카가 전보다 확실히 똑똑해진 것 같군.

한 달 만에 편차치 15는 오른 것 같다.

그렇지만 안젤리카를 칭찬하고 여기서 이야기를 끝낼 수도 없다.

"사실은 오랫동안 정하지를 못하고 있어서 말이다. 괜찮은 후보가 한 명도 없어. 예전부터 정하라는 말은 들었지만, 내가 멀쩡하다 보니 그렇게까지 서두를 필요는 없지 않나 하는 분위기였다."

"마왕은 노쇠했다고 할 나이는 아니니까."

"다만, 오늘 회의에서……."

나는 그렇게 말하면서 안젤리카를 가리켰다.

"너를, 마왕 후계자로 삼으면 괜찮지 않을까? 하는 의견이 나와서 말이지……."

안젤리카가 빙긋 웃었다.

오히려 무섭다.

왜 웃지?

“마왕, 돌아오기 전에 술이라도 마셨어? 취해서 이상한 소리 하는 것 같은데.”

“농담이 아니야. 진짜다. 그러니까 이렇게 힘들게 이야기하지…….”

“이상한 소리도 정도가 있지!”

안젤리카가 일어나더니 불평했다.

역시, 화났구나!

“나는 용사라고! 그야 호적상으로는 마왕의 딸이지만, 왜 하필 용사를 마왕 후계자로 삼으려는 건데?! 마왕이랑 나는 피가 이어진 것도 아니잖아!”

레이티아 씨는 원래 가는 눈을 더 가늘게 하게 「어머머~」 하고 말했다.

지금의 안젤리카를 말려달라 하는 건 좀 어려우려나…….

“그렇긴 하지. 하지만 아까도 말했듯, 내 친척 중에는 제대로 된 사람이 없어…… 그런 녀석들에게 마왕이라는 중대한 임무를 맡길 바에는 차라리 용사에게 맡기는 게 기골도 있으니 낫겠다는 결론이다.”

안젤리카가 멍~한 표정을 지었다.

마족들은 참 이해가 안 된다는 얼굴이군.

“융통성을 발휘하는 것도 정도가 있지.”

"아니…… 류젠 가의 직계는 나밖에 없고, 친척도 마땅한 사람이 없으니까 하는 소리야……. 마족 고위층들도 최종수단 정도로 생각하는 거겠지."

"결국은 나라는 거잖아. 마족도 아닌데, 그래도 돼?"

"법적으로는 네가 내 유일한 자식이니까. 그건 문제가 되지 않는다더구나. 그리고…… 네가 마족과 결혼하면 괜찮을 거라는 소리도 들었다……."

안젤리카가 얼굴을 붉혔다.

이런, 성희롱으로 들렸나.

하지만 어쩔 수 없다! 생식 활동을 무시할 수도 없고!

"생각해 보렴. 네가 마왕이 된다는 건, 곧 모든 마족의 정점에 선다는 의미다. 어떤 의미로는 용사가 가야 할 길이라 말할 수 있지 않겠어?"

"역시, 마왕은 마왕이네……."

화났다기보다 질렸다는 표정으로 안젤리카가 등을 돌렸다.

"식후의 과자는 이제 필요 없어. 혼자 있을래."

안젤리카는 밖으로 나갔다. 밤바람이라도 쐬러 간 건가.

역시, 갑자기 이런 이야기를 꺼내면 충격이 크겠지.

"그 아이도 참, 과자는 이제 됐다고 해 놓고, 전부 먹었잖아~."

레이티아 씨, 자신의 세계관을 조금도 꺾지 않는 강한 마음씨, 좋아합니다.

미왕인 나에게 필요한 건 그런 담력일지도 모른다.

"갈트 씨, 걱정할 것 없어요. 왕이라면 왕위 계승 문제는 당연히 따라오는 일이니까요."

레이티아 씨가 나를 위로하듯이 술을 따라주었다.

"하지만 안젤리카의 마음을 술렁이게 하고 말았습니다."

"그 나이대의 아이들은 자신의 장래가 무언가에 의해서 결정되는 걸 싫어할 수밖에 없어요. 그 아이만 그런 게 아니라, 어디에나 있는 이야기예요."

뭐, 마왕이 아니라도, 「구두 공방을 이어라!」, 「싫어! 왕도에 나가서 새로 사업을 시작할 거야!」 정도의 대화는 매일같이 일어나고 있겠지.

"그만큼 흔한 이야기라면 쉬운 해결책도 있으면 좋았을 텐데 말이죠."

"없으니 노력해야죠. 그 아이를 믿고, 신중하게, 신중하게 설명하는 방법밖에 없습니다."

레이티아 씨가 내 어를 툭툭 두드렸다.

"저도 돕겠지만, 마족의 이야기니까 갈트 씨가 앞에서 이야기할 수밖에 없어요. 아버지로서 노력해 주세요."

아버지로서, 인가.

어쩌면 아이의 장래를 위해서 옥신각신하는 건 아버지의 몫인지도 모르겠군.

지금까지 아이가 없었으니 경험은 없지만, 나에게도 그때가 다가온 모양이다.

"알겠습니다. 도망치지 않고 마주 보겠습니다."

딸에게서 도망치기만 하는 아버지라니, 마왕이든 아니든 너무 추하잖아?

"네, 그래야 갈트 씨죠."

레이티아 씨는 내 어깨에 얼굴을 묻었다. 기쁘지만 조금 부끄럽다.

"덧붙이면, 레이티아 씨는 안젤리카와 싸운 적이 있습니까?"

"으음…… 안젤리카가 화낼 때는 있지만 제가 태평하니 그 아이가 포기해버린 적이 많아요."

레이티아 씨의 포용력은 방어력이기도 하군.

◇

나는 식사를 마치고 밖으로 나왔다.

검을 휘두르는 기척이 느껴졌기에 안젤리카가 근처에 있다는 건 이미 알고 있었다.

아마 용사의 수련이겠지.

"그대로 수련하면서라도 좋으니 이야기 좀 하자."

그러자 안젤리카가 잠시 뜸을 들이더니 날 힐끔 보았다.

"안된다고 해 봐야 이야기할 거지? 마음대로 해."

그리고 다시 검을 휘두르기 시작했다.

집중해서 검을 휘두르는 것 같지만 의식이 이쪽으로 쏠려 있었다. 역시 이 상황에 날 신경 쓰지 말라는 건 무리였나.

"후계자라고 해봐야 결국은 칭호뿐이다. 후계자라고 꼭 마왕이 돼야만 하는 건 아니거든. 예를 들어, 그…… 나와 레이티아 씨 사이에 아이가 생긴다면 그 아이가 제1 후보가……."

"역시, 할 건 하고 있네."

"그런 의미가 아니야. 그냥 이론상 그렇다는 거지."

후계자 이야기는 어찌해도 자식 문제와 뗄 수가 없다. 의붓딸에게 이야기하기 너무 어렵다.

"무엇보다, 곧바로 너에게 곧바로 물려주겠다는 게 아니다. 굳이 말하자면 후계자를 세우는 것보다 먼 친척에게는 왕위를 양보할 생각이 없다고 선언하는 의미가 더 크지. 그렇게 해야 언젠가 신뢰할만한 사람을 양자로 삼아서 양위한다는 선택도 할 수 있게 된단다."

이건 사실이다.

마족 중진들도 인간인 내 딸이 어떻게 해서든 마왕이 되기를 바라고 있는 게 아니다.

가문밖에 내세울 것도 없는 류젠 가의 분가의 분가의 분가 같은 녀석들을 봉쇄할 방법을 생각하고 있는 거다.

"즉, 정치적으로 이용할 테니, 이름을 빌려달라는 거야?"

"너 말이야, 너무 직설적이잖아……."

그렇게 싸울 기세로 나오면 아버지는 괴로울 수밖에 없다고.

안젤리카는 붕붕, 하고 나시 갈을 휘둘렀다.

더는 말할 생각이 없는 듯했다.
뭐, 당연하지.
내가 확실하게 부탁하지 않았으니까.
"안젤리카, 부디, 후계자가 되어 주겠니? 네가 필요하다!"
나는 안젤리카에게 외치듯이 말했다.
밤이라서 그런지 목소리가 잘 퍼졌다.
"네가 무슨 일이 있어도 싫다고 하면 뒤에서 양자를 선정해 두겠다! 마왕이 될지 어떨지는 네가 정해도 된다. 네 인생을 속박할 생각은 없다고 약속하마!"
안젤리카는 검을 멈추고 나를 쳐다봤다.
"조건이 하나 있어. 나는 용사야. 내가 갑자기 마왕의 후계자가 된다고 하면 왕국은 내가 배신했다고 생각할 수도 있어. 나는 배신자 취급은 싫어."
내 억지를 들어주는 건가!
"알았다! 당장이라도 이 건을 왕국에 보고해서 협의하도록 하지!"
"그래, 조건은 그것뿐이야."
안젤리카는 후, 하고 한숨을 쉬었다.
"어쩔 수 없지. 마왕을 쓰러트리지 못한 내 책임도 있으니. 더구나 이 세상을 평화롭게 한 건 내가 아니라 마왕이고."
"연습 도와줄까?"
나는 상비하고 있던 검을 뽑았다.
"그럼, 사양 말고 해 줘!"

◇

며칠 뒤.

나는 정식 사절을 마스게니아 왕국에 보냈다.

「왕국의 용사를 마왕으로 삼아도 괜찮을지」를 협의하기 위해서다.

이따금 용사를 자칭하는 녀석들이 있지만, 용사는 본래 국가가 모험가 중에서 고르는 것이다. 즉, 용사는 일종의 공인이다. 이를 마왕 후계자로 삼으려면 인간 국가와도 협의를 거쳐야 한다.

용사란, 검 실력은 물론, 마법도 어느 정도 다룰 수 있어야 한다. 특히 마법은 양보할 수 없는 필수 조건이라고 한다. 오래전부터 전해 내려오는 전설 속의 팔라딘이란 녀석은 검 실력은 물론 마법 실력도 뛰어났다고 하는데, 용사는 그걸 계승한 거다.

그리고 마법을 쓸 수 있다는 건 그만한 지식과 배움이 있다는 의미다(그런 의미에서 안젤리카는 예외 중의 예외였다). 즉, 용사는 그만한 예절을 갖춘 인물이다. 왕국에 망신을 줄 일은 없다. 마스게니아 왕국이 보기에도 나쁘지 않은 인선인 셈이다.

더구나 실력으로 보아도 용사는 좋은 조건을 갖고 있다. 검술과 마법이 양립 가능한 사람은 더할 나위가 없는 인재다. 누구에게도 뒤처지지 않을 재능의 소유자다. 이건 안젤리카라도 다르지 않다.

그래서 예상은 하고 있었지만── 간단히 허가가 나왔다.

"안젤리카야, 왕국에서 너를 마왕 후계자로 삼아도 된다는 허가가 나왔다."

"그래? 의외로 쉽게 내놓았네……."

식사 도중에 내 말을 들은 안젤리카는 의외라는 듯한 표정을 지었다.

일부러 마족의 요망에 퇴짜놓아서 관계를 악화시킬 이유도 없거니와, 인간이 마왕이 되면 마족을 지배할 기회가 생길지도 모르니 마스게니아 왕국이 보기에는 나쁘지 않은 이야기겠지.

어차피 물밑에서 협의했으니 어느 쪽이든 이렇게 됐을 거지만.

갑자기 찾아가서 그런 말을 툭 내뱉으면 도리어 협상에 불리하다고.

"안젤리카, 후계자가 됐구나~♪ 대단하네. 대출세야~."

"엄마, 이건 수습에서 정식이 되었다거나 하는 상황이랑은 다르다고!"

후계자가 되는 건 인정했지만, 아직 안젤리카는 당황스러운 모양이었다. 그렇겠지. 마왕 후계자니까.

"뭐, 됐어……. 어차피 나는 용사로서 이 땅에 계속 살 테니까. 칭호가 하나 붙는다고 해도 달라질 건 없어."

안젤리카는 자기 자신을 타이르듯이 말했다.

"그렇지, 마왕? 저번에도 확인했지만, 마족 땅으로 이사한다든지 할 생각은 없지?"

"음, 그래. 내가 마왕으로 건재하다는 전제하에, 네 생활에는 아무런 지장이 없을 거다. 다만……."

"뭐, 뭐야……?"

"후계자가 됐다고 알리는 의식—— 입태자(立太子) 의식까지 해야 일이 마무리된단다. 장소는 내 성이고."

"으에…… 귀찮은데……."

"안젤리카, 당일에는 예쁘게 꾸미고 참가하자. 엄마도 기뻐~. 결혼식 같아."

어쩐지 레이티아 씨를 후계자로 삼는 게 빠를 것 같지만…… 아무리 그래도 평범한 인간을 마왕 후보로 세울 수는 없다. 마왕은 무력도 중시되니까.

"몇 주 동안 성에 머물면서 하는 행사는 아니니까 그때까지만 참아 주려무나. 요리도 네가 좋아하는 것들로 통일할 테니."

"별수 없지. 한다고 한 건 나니까. 용사는 약속을 지켜."

"친구한테 초대장 보내야지~♪"

"아, 레이티아 씨. 마족 땅은 인간 나라에서 꽤 멉니다만?"

"그건 어떻게든 할게요. 교통비도 받을 수 있을까요?"

뭐지? 점점 결혼식처럼 돼가는데? 뭐 상관없나. 두 번 하지 않는 식인 건 확실하니까.

이렇게 해서 마족 측에도 안젤리카를 후계자로 삼는다는 것을 발표하고 입태자 의식 일정도 정해졌나.

의식 발표일, 비서 토르아리나가 이렇게 말했다.
"마왕님. 평소와 달리, 이번에는 힘으로 밀어붙이셨네요……."
"이게 마족의 혼란을 줄일 최선의 방책이었다. 어차피 마족과 인간의 우호의 증거가 어떻고 하는 적당한 이유를 덧붙이면 된다."
"뭐, 결국은 형식적인 거니까요. 큰일은 일어나지 않을 겁니다. 네. 문제없이 끝날 거예요."
"왠지 플래그 같은 소리 하지 마……."
그런데 그날, 귀가해 집 바깥 현관을 열고 들어간 순간── 엄청나게 많은 기척이 느껴졌다.
인간이 아니라 마족의 기척이었다.
설마 안젤리카를 죽이려는 자들이 모인 건가?
그야 먼 친척 중에 후계자 자리를 노리는 사람이 있어도 이상하진 않지만──.
이런 책략은 너무 치졸하잖아.
암살을 꾀했다는 죄상이 밝혀지면 그땐 정말로 후계자가 될 가능성이 사라지고 만다.
오히려 마왕의 자식을 죽였으니 제 목숨을 지키기도 어렵겠지.
그래서 강행 수단을 쓰지는 않으리라 생각했는데── 그렇게 멍청하다면…….
"안젤리카, 레이티아 씨!"
나는 당황해서 문을 열었다.

"그럼, 안젤리카 황녀 전하, 후계자로서의 포부가 있다면 말씀해주실 수 있습니까?"

"으음…… 나는 용사이기도 하니 모두에게 용기를 줄 수 있는 마왕이 되고 싶습니다."

"과연, 그렇군요. 그럼, 잡지에 그림을 싣고 싶은데, 여기 화가 쪽을 보면서 밝게 웃어 주실 수 있으신가요? 아아, 목을 조금만 더 당겨 주세요."

"이렇게, 말인가요……?"

"네, 딱 좋습니다. 그대로 잠시만 계세요."

마족 기자들에게 둘러싸여서 인터뷰하고 있잖아!

심지어 안젤리카도 영 싫지만은 않은 표정이었다.

"기자 여러분, 새로운 차예요~. 마족 분들 입에 맞으실지는 모르겠지만."

레이티아 씨도 꽤 즐거워 보이는군.

"감사합니다, 왕비님."

"어머, 싫다. 왕비라니~ 칭찬이 과하시네요."

레이티아 씨는 양손을 뺨에 대고 기뻐하고 있었다.

"아뇨, 아뇨. 문자 그대로, 마왕님의 비니까, 왕비십니다."

"그러고 보니, 갈트 씨는 마왕이었죠~♪"

그건 잊지 말아 주세요, 레이티아 씨!

역시 내가 마왕답지 않은 건가?

마족 기자들이 내 얼굴을 보자 살짝 겁을 먹었다.

"이것 참 마왕님, 오늘도 안녕하십……."

"이봐, 난 취재한다는 소린 못 들었는데."

"약속 없이 와서 죄송합니다. 그렇지만, 왕비님도 황녀 전하도 OK 해주셔서……."

레이티아 씨가 허가했다면 괜찮지만…….

"황녀 전하, 잡지가 완성되면 보내겠습니다."

"그래, 부탁해. 삽화 귀엽게 그려줘!"

"참, 마지막으로 하나만 물어봐도 될까요? 밖에 「속박의 나무」를 심어두신 건 마족의 긍지를 나타내기 위해서입니까?"

"아뇨. 집을 지키기에 데 딱 좋아 보여서 심었어요~."

안젤리카 취재를 끝내자 기자들은 허둥지둥하면서 돌아갔다.

"이런 취재를 받기는 오랜만이야. 용사 때도 몇 번 해봤지만, 다들 애라고 무시하는 게 눈에 빤히 보였지. 이번에는 경의가 가득 찬 느낌이 들어서 나쁘지 않았어."

"그렇겠지, 후계자니까……."

"저기, 그 의식에 나갈 때 머리에 뿔을 붙여 볼까? 그리고 마왕 느낌이 나는 망토도."

"인간이 후계자가 된 전례가 없으니 네가 하고 싶은 게 있으면 들어주겠다만……."

안젤리카 녀석, 꽤 하고 싶은 모양인데.

아니 의욕을 내는 건 고맙지만, 괜찮은 건가?

지금 다시 느꼈다.

이 녀석, 주목받는 걸 좋아하는구나!

그래 사람의 시선을 싫어하는 녀석이 용사가 될 리가 없지. 남의 시선에 관심이 없는 녀석도 용사 자릴 원할 것 같진 않고. 사람들이 떠받들어주니 마음이 바뀌었나.

"있잖아, 내가 마왕이 되면 미소녀 마왕이라고 영원히 구선될지도 모른다더라."

"그건 내가 몇 년 안에 죽어야 가능한 일 아닌가?"

나는 내가 멀쩡한 이상 마왕을 넘길 생각은 없다. 만약 진짜로 넘긴다고 해도 지금의 안젤리카라면 일이 많다고 팽개쳐버릴지도 모르니 경영학이나 정치학을 가르치고 나서 즉위시킬 거다.

그 뒤로도 안젤리카는 점점 마왕을 할 생각이 강해져 갔다.

"있잖아, 오늘 왕국에서 취재하러 왔는데, 노래를 한 곡 부탁받았거든? 그런데 이 목소리라면 가수로 데뷔할 수도 있다는 소릴 들었어! 마스게니아 무도회장을 가득 채울 수도 있을 거래!"

어째서 가수 데뷔 이야기가 됐지?!

"안젤리카, 플레이! 플레이!"

레이티아 씨는 손수 만든 깃발을 흔들었다.

"안젤리카, 용사는 사람들에게 용기를 주는 사람이라고 읽을 수도 있잖아. 노래로 용기를 주는 것도 용사의 삶의 방식 중 하나가 아닐까?"

"과연, 엄마! 이게 새로운 시대의 용사구나!"

위험하다! 레이티아 씨의 칭찬해서 키우는 교육법이 너무 잘

먹혀들어 가는데?

"안젤리카. 마왕 후계자라는 건 생각보다 딱딱한 자리다. 너무 들떠있으면 막상 맡았을 때 실망감이 커질 수도 있다만……."

"어차피 그냥 후계자일 때는 자유롭게 행동해도 되잖아? 그럼, 자기 능력을 시험하는 것도 괜찮지 않아?"

정론이었다.

뭐, 한창때의 딸이니까 이런저런 것을 해 보고 싶어 하는 마음은 이해한다만…….

"이번에 왕도에서 가수 오디션이 있어. 거기 참가해 볼 생각이야."

"아니, 그건 좀……."

"안젤리카, 열심히 하렴! 엄마가 따라갈게!"

"응! 댄스는 자우니스가 조금 아는 모양이니까, 그 녀석에게 배우면 되겠지!"

이미 말리긴 글렀군…….

지금의 안젤리카가 만일 마왕이 된다면 대혼란을 초래할 우려가 있다……. 가능하면 빨리 다음 후계자 후보를 찾아둬야겠어…….

덧붙이자면 안젤리카는 가수 오디션에 응시했지만, 예선에서 떨어졌다.

이걸로 가수가 되는 꿈은 단념하겠지 생각했지만——

"안젤리카, 한 번에 잘 될 리가 없잖아. 몇 번이고 도전하렴."

"그렇지? 나는 마스게니아 무도회장에서 노래할 때까지 포기하지 않아!"

언제부턴가 이 모녀는 아이돌의 정점을 목표로 삼은 이야기의 주인공 같은 대화를 나누기 시작했다.

으음, 나로서는 그냥 후계자로 얌전히 있어 줬으면 좋겠는데 말이지. 솔직히 말해서 그렇게까지 노래를 잘하는 것도 아니다. 기껏해야 중상 정도다.

하지만 안젤리카 앞에서 말하면 반발할 게 뻔했기에, 안젤리카가 방으로 자러 간 뒤에 레이티아 씨에게 이야기를 꺼냈다.

"그…… 안젤리카가 다소 폭주하는 것 같은데요……. 후계자 겸 가수라니 아무리 그래도 그건 좀……."

솔직하게 아버지로서의 불만을 이야기하면 레이티아 씨는 이해해 줄 것이다.

"저는 안젤리카가 꿈을 따라 사는 아이로 자랐으면 좋겠어요."

레이티아 씨가 빙긋 웃었다.

"어려우니 그만두라고 말했다면, 그 아이는 용사도 되지 못했을 거예요. 자기 스스로 받아들일 수 있는 데까지는 가 볼 수 있게 하는 것도 괜찮지 않을까요?"

자애로 가득 찬 표정이 나의 죄악감을 자극했다.

지금의 나는 반대하기만 하는 전형적인 귀찮은 아버지였다.

이래서는 안젤리카의 신뢰를 얻을 수 없다.

나는 딸의 장래를 생각한다는 변명을 앞세우고 내가 바라는 것만을 강요한 게 아닐까?

애초에 후계자가 되어 달라고 한 것도 내 사정이었다.

이해심 있는 아버지가 되어야지.

"레이티아 씨. 눈이 뜨였습니다. 안젤리카를 응원할게요."

"네, 갈트 씨, 부탁드려요."

내 손등 위에 레이티아 씨가 자신의 손을 얹었다.

레이티아 씨가 내게 딸을 맡겨 주었다.

덧붙이자면 입태자 의식 직전에 있었던 오디션에서도 안젤리카는 떨어졌다.

역시, 가수는 어렵지 않을까.

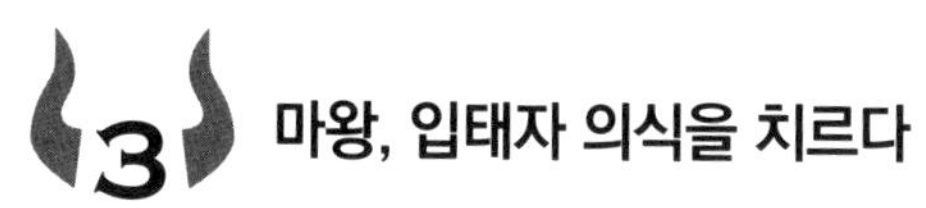

3 마왕, 입태자 의식을 치르다

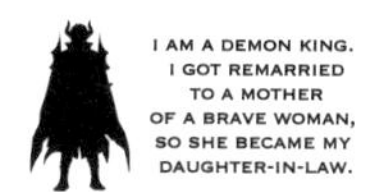

드디어 그날이 왔다.

입태자 의식이 있는 날이다.

나는 어제부터 레이티이 씨와 안젤리카와 함께 성에 머물렀다. 이른 아침부터 준비할 게 많으니까.

안젤리카와 레이티아 씨는 일찌감치 의례용 옷으로 갈아입었다.

"어때, 마왕? 이거, 어울려?"

안젤리카는 뿔이 붙은 머리밴드를 하고 있었다.

옷도 마족의 옷이었다. 멀리서 보면 인간이 아니라 마족처럼 보일 것이다.

"나는 상관없지만, 넌 그걸로 괜찮은 거냐? 마족에게 듬뿍 사랑받을 듯한 인상이다만."

"후계자가 되라고 한 건 마왕이잖아? 내가 어떻게 하길 바라는 건데?"

"그것도 그렇구나. 네가 하고 싶은 대로 하려무나. 어차피 전례가 없으니 뭘 해도 마찬가지겠지."

"응, 안젤리카는 이런 옷을 입어도 귀엽구나~♪"

레이티아 씨도 기뻐하고 있고.

일종의 성인식이라고 생각하면 그렇게 이상할 것도 없다.

그때, 노크 소리가 들렸다.

이 소리는 분명히 토르아리나다.

「들어와」라고 했더니, 곧바로 문이 열렸다.

오늘도 저혈압이 느껴지는 데다 별로 즐거워 보이지 않는 얼굴을 하고 있었다.

“마왕님, 친척분들이 오셨습니다.”

그래, 조금 전까지 혹시 자신이 마왕이 될 수 있을지도 모른다고 약간의 바람을 갖고 있던 놈들이다.

저쪽에서 인사하러 오도록 부르는 방법도 있지만, 굳이 내 쪽에서 나가는 게 저쪽의 기를 살려주겠지.

“알았다. 내가 나가지. 안내해 줘.”

나는 안젤리카와 레이티아 씨를 남겨둔 채 토르아리나의 뒤를 따라 먼 친척들이 있는 곳으로 향했다.

“녀석들, 불만으로 가득 찬 얼굴이었냐?”

복도를 걸어가면서 나는 토르아리나와 이야기를 나눴다.

“네. 말로는 후계자가 정해져서 기쁘다고 했지만, 웃는 사람은 아무도 없었습니다.”

“흥, 마음대로 기대하고 마음대로 원망하는군.”

사이가 나쁜 친척보다 타인이 낫다.

마족들 사이에서 옛날부터 전해지는 속담이다.

“어디 좋은 땅이라도 줄까. 뭐라도 안겨주면 받아들이겠지.”

“그들의 불평을 막는 건 나쁘지 않습니다만, 친척들의 서열이 다 비슷해서 어려울 겁니다. 누군가에게 선물을 주면 누구는 주고 누구는 안 주냐고 화를 낼 겁니다.”

나는 한숨을 쉬었다.

“케르베로스같이 끈질긴 녀석들이군. 차라리 호적을 조작해서 혈연관계를 없앨 수 없나?”

“그럴 바에야 공격해서 멸망시키는 게 빠르지 않겠습니까.”

“그럴 순 없어. 무력으로 해결하면 결국 다른 갈등이 일어난다.”

친척들이 있는 대기실로 들어가자, 전원이 동시에 내 쪽을 쳐다봤다.

하나같이 공작이나 후작 등 높은 자리를 갖고 있지만, 제대로 된 실권은 없는 자들이다.

마족 세계는 약육강식의 논리가 밑바탕에 깔려있다.

힘이 없는 자는 으스댈 수 없다. 하물며 마왕이 되는 건 불가능하다.

“류젠 가의 자들이여, 오늘 이 자리에 와 주어 고맙게 생각한다. 한 가문의 수장으로서 영광스럽게 생각한다.”

그들이 「재혼 축하합니다」라고 형식적으로 인사했다.

이 녀석들, 내가 계속 재혼 상대를 결정하지 않으니 이상한 기대감을 품고 있었겠군.

단순히 사사야를 잃은 슬픔에 재혼을 생각할 수 없었을 뿐이지만, 그렇게 빈틈을 준 건 내 잘못이다.

사실 이들 정도는 안젤리카가 이길 수 있다. 내가 특훈을 도와주고 있어 전보다 검에 망설임이 사라졌다. 최근에는 가수가 되는 것에 빠져 좀 눈이 뒤집힌 것 같지만.

그러나 여기서 이들을 더 화나게 할 만큼 나는 어리석진 않다.

나는 배려할 줄 아는 마왕이니까.

“그리고, 이번 일로 폐를 끼쳐 미안하게 생각한다.”

나는 그들 앞에서 정중하게 사과했다.

그들이 곤혹스럽다는 표정을 지었다. 내가 사죄하리라고는 생각하지 않았을 테니 그렇겠지.

이 녀석들을 없애버리는 것보단 이렇게 하는 게 효율적이다.

“지금에서야 하는 말이다만, 내가 오랫동안 재혼 상대를 고르지 못한 건, 류젠 가의 사람들이 하나같이 뛰어나서였다.”

물론 거짓말이다. 오히려 그간 잊고 살았을 정도다.

“혈통 상의 거리를 따지면 다들 비슷한 수준이니, 누구를 선택해도 싸움이 날 수밖에 없었지.”

이건 사실. 거짓말에는 진실을 섞는다.

“그러나 류젠 가를 벗어나 찾고자 하여도, 악한 자에게 이용당한다면 류젠 가가 멸망할지도 모르는 일. 하여, 나는 굳이 류젠 가와 아무 관련도 없는 사람을 아내로 맞기로 했다. 모두 류젠 가를 위한 선택이었으니 그대들이 부디 이해해주기를 바란다.”

친척 놈들은 동시에 「아뇨, 영단을 내리셨군요」라든지 「올바른 선택입니다」라고 간사스럽게 말했다.

후계자가 누가 되었든 내가 현 마왕이라는 점은 변하지 않는다. 어차피 그렇다면 아양을 떨고 싶은 거겠지.

“모두 이해해줘서 고맙다. 이번 후계자도 나의 딸인 이상, 류젠 가의 일원이나 마찬가지. 부디 잘 돌봐줬으면 한다."

좋아, 할 일은 다 했군.

나는 신사적으로 대응할 거다. 너희에게 틈을 내줄 생각은 없다.

"마왕님, 친척분들의 석차를 확인해야 하니, 저는 여기에 남겠습니다."

토르아리나가 그렇게 말했다. 음, 원망받지 않게 적당히 해라.

"그럼, 난 이쯤에서 실례하지."

다음 일이 있을 때까지 방에서 빈둥거려야겠군.

내가 자리를 지키고 있지 않으면 또 안젤리카와 레이티아 씨가 마음대로 어딘가로 나갈 가능성도 있고.

용사는 호기심이 왕성하다. 역대 용사 중에서는 옷장 안이나 항아리를 마구 뒤지던 사람도 있다고 한다. 그건 그냥 범죄 아닌가?

하지만, 내가 걸어가는데 기둥에서 누군가가 갑자기 튀어나왔다.

"잠깐! 대체 이게 어떻게 된 거예요!"

여자 마족치고는 키가 큰 녀석이었다.

얼굴을 보니 뭔가 마음에 들지 않았는지 화를 내고 있었다.

"인간 의붓딸을 후계자로 삼다니! 제 화려한 계획이 전부 허사가 됐잖다고요! 전부 당신 때문이에요!"

계획? 계획이라니 무슨?

애초에 이 여자, 누구지?

"으음…… 누구십니까?"

나는 첫 대면이나 모르는 사람을 만나면 일단 공손히 대한다. 내가 마왕이고 아니고는 상관없다.

"에엑—! 기억조차 못 하신다니! 어떻게 된 기억력이에요?!"

오히려 화나게 만든 것 같군. 그래서 이름이 뭔데?

아니, 추리해라, 추리. 나는 지금부터 명탐정 갈트다. 마왕인 나에게 이렇게 당당하게 나오는 녀석은 그렇게 많지 않을 터—— 라고 생각했더니, 의외로 아니잖아? 토르아리나조차 날 어려워하지 않는다고. 아니, 찾아보면 좀 더 있을 것 같긴 한데…….

그리고, 이 구획에는 류젠 가 혈통인 사람만 들어올 수 있는 곳이다. 그렇다면 류젠 가 녀석인가? 으, 으음…….

"아! 닷틀 공작가의 프라이세인가!"

"네, 그래요! 천하의 닷틀 공작가 출신인 프라이세라고요! 기억을 떠올리는 데 너무 오래 걸리는 거 아니에요?!"

안타깝지만 닷틀 공령은 정말 작은 땅이다. 오히려 용케 떠올린 나를 칭찬해줬으면 좋겠군.

마왕의 일족이라 신분이 높을 뿐, 아무 권력도 없는 가난한 귀족이다.

"애초에 제게 너무 무례하다고요~! 15년 전에 있었던 붉은 달 달맞이 때도 초대장을 보내지 않았고, 21년 전 일식을 축하하는 행사에도 부르지 않았잖아요?!"

말은 그렇게 하지만, 둘 다 작은 행사다. 친척 중에서도 특히나 혈연이 먼 닷틀 공작가까지 부를 이유가 없었다. 닷틀 가문은 고만고만 내 친척들에 비하면 한층 더 혈연이 멀다. 귀족이라는 자들은 그 혈연을 중요시한다.

하지만 어찌 됐든 내가 부르지 않았다고 말하면 분명히 화내겠지…….

굳이 사실대로 말해서 화를 자초할 필요는 없다.

이렇게 있자니 조금씩 기억이 나기 시작했다.

그러고 보면 토르아리나가 그런 말을 한 적이 있었지.

──부르지도 않았는데 매번 의식에 오는 귀족이 있습니다. 어지간히도 한가로운가 봅니다. 예, 한가로운 게 분명해요. 신분밖에 자랑할 게 없는 거겠죠. 불쌍한 사람이군요.

불쌍하다는 건 비꼬는 소리로 한 말이겠지만, 어쨌든 그런 말을 했었다.

지금 생각해 보면 어떤 행사든 프라이세가 있었던 것 같다. 어떤 행사든 전부 얼굴을 내밀고 싶어 하는 사람도 있구나.

뭐, 적당히 둘러대고 이 자리를 벗어나야겠군.

어차피 여기 있어 봐야 할 이야기라고는 '날씨' 정도밖에 없다. 나에게는 그저 「행사에서 만나는 사람」이다. 오랫동안 있어 봐야 분위기만 거북할 뿐이다.

"미안합니다. 앞으로 조심하도록 하죠. 그럼, 앞으로도 잘 부탁드립니다. 실례하겠습니다."

나는 머리를 써서 딱히 내용이 없는 말을 하고 그 자리를 벗어나려 했다.

그런데——

"잠깐만요."

발이 묶였다.

아니, 말 그대로 그녀의 꼬리가 내 발을 묶였다.

"지금 적당히 둘러대고 이 자리를 떠나려고 했죠? 그렇게는 안 됩니다."

이런, 들켰군. 너무 노골적이었나.

"애초에 앞으로 『잘 부탁드립니다』라니 아무것도 부탁할 생각이 없다는 거잖아요. 그럴 거면 부탁한다고 말하지를 말아요!"

그건 인사말이니까 걸고넘어져도 뭐라 돌려줄 대답이 없다. 뭐, 확실히 이 사람에게 뭔가를 부탁하는 일은 평생 없을 것 같지만.

그리고 딱히 불쾌한 건 아니지만, 마왕을 상대로 너무 건방진 거 아니야?

"저는 항의하러 온 거예요. 인간 여자를 후계자로 삼는 건 폭거 중의 폭거입니다!"

아하, 이의를 제기하러 온 거였나. 뭐 친척 사이에서 이런 불만이 나오리라는 건 이미 예상하던 바였다. 그들도 마왕이 될 가능성이 0%였던 건 아니었으니까.

그런 시시한 친척들을 마왕으로 만들고 싶지 않아서 안젤리카를 후계자로 삼은 거다.

하지만 이걸 솔직하게 말하면 싸움만 일어나겠지.

"그건 엄정한 심사와 숙고의 결과 이렇게 하는 게 마족의 장래에 있어 가장 좋다고 판단했으니 부디 이해해——."

"모처럼 제가 당신과 결혼해서 공동 통치자로 왕위에 앉을 계획을 세웠는데, 전부 물거품이 됐잖아요!"

엉망진창이군! 아주 제멋대로잖아!

프라이세가 꼬리로 바닥을 탁탁 쳤다.

꼬리가 가려운 게 아니라 화가 났다는 뜻이다.

"죄송합니다만, 저는 그런 혼담을 들은 적이 없는데요……."

"당연하죠. 이건 제가 몰래 짠 계획이니까요!"

진짜 제멋대로잖아! 정략결혼이라 해도 거절할 캐릭터다.

"마왕과 결혼해서 출세하려고 했는데! 그걸 위해 일부러 매번 의식에 얼굴을 내밀어 당신의 주의를 끌려고 했던 건데!"

그야 아무것도 하지 않는 사람보다야 인상은 남겠지만, 그래봤자 의식에 부르지도 않았는데 오는 사람이라는 인상이 고작이다.

"그리고, 장래에는 내 힘으로 사랑에 빠져서 재혼——! 근데 왜 느닷없이 용사의 어머니와 재혼하는 거예요!"

어쩔 수가 없잖아, 좋아하게 됐으니까! 그게 사랑이다! 거기에 이유 같은 건 없다! 당신이랑은 상관없다! 입 다물어라!

——라고 외치고 싶지만, 아무리 나라도 그런 말을 큰소리로 외칠 만큼 대담하진 못하다.

오히려, 그런 소리를 내일같이 하는 녀석이 경박하고 신용하기 힘들다는 생각이 든다. 그런 녀석은 진정한 사랑을 모르는 것 아닌가? (마왕의 개인적인 생각입니다.)

으음, 어떻게 설명해야 하지…….

"……제가 왜 그런 것까지 설명해야 하는 겁니까? 그저 그만한 깊은 뜻이 있을 뿐입니다."

결국, 거짓말했다.

어쩔 수 없잖아! 이 나이 먹고 한눈에 반했다고 말하기는 부끄럽다고.

"무, 무무, 무무무!"

프라이세가 심하게 놀란 얼굴을 했다. 저렇게 놀랄 줄은 몰랐는데.

"과연…… 그렇군요. 확실히, 마왕이 아무 이유도 없이 평범한 인간과 결혼할 리가 없죠. 겉으로는 평화를 주장하며 인간에게 다가갔지만, 뒤에서는 손을 쓰고 있었던 거군요……. 과연 마왕, 무서운 분……. 피도 눈물도 없는, 피에 굶주린 짐승."

감탄하는 거야, 욕하는 거야?

그리고, 피도 눈물도 없는, 피에 굶주린 짐승은 모순 아닌가? 아, 피가 없으니 피에 굶주렸다는 건가? 그건 단순한 빈혈이잖아.

뭔가 오해가 쌓인 것 같지만 이걸로 프라이세도 납득했겠지.

"당신에게 구체적인 목적을 말할 순 없습니다. 그럼 이제 실례하겠습니다."

그러나 이 프라이세라는 녀석은 그렇게 무르지 않았다.

내 앞으로 오더니, 양팔을 벌리고 내가 지나가지 못하게 막았다.

"당신의 원대한 계획은 어찌 되든 상관없어요! 저는 당신과 결혼해서 마왕이 될 거라고요! 마왕이 되면 지위밖에 없는 귀족에서 진짜 권력자가 될 수 있어요!"

"아, 허울뿐인 걸 알고 계셨군요."

닷틀 공작가는 친척 중에서도 특히나 송사리라고 정평이 나 있다.

아까도 말했지만, 마왕의 친척 중에서도 제일 먼 친척이다.

"내버려 두세요! 연 수입이 350만 마족 골드라도 귀족 나부랭이입니다!"

굉장히 생생한 숫자가 나왔구나…….

"뭐, 그…… 수고하십시오."

나는 프라이세에게 등을 돌렸다.

억지라도 도망쳐야겠다. 이 여자와 엮이면 성가셔질 게 뻔하다.

"놓치지 않습니다! 결혼해서 제게 권력을 주세요! 연 수입을 올리게 도와주세요!"

프라이세가 휙 점프하더니 다시 내 앞을 막았다.

대체 뭔데? 보스처럼 절대 도망칠 수 없는 적인가?

"그리 말씀하셔도, 전 이미 결혼했습니다."

"그럼 정부라도 좋습니다. 부탁드립니다!"

왜 그렇게 필사적인 건데!

"그런 건 필요 없습니다! 지금 아내만 있으면 됩니다! 그리고 계획에도 문제가 생깁니다!"

레이티아 씨 외의 여성은 생각할 수 없어!

하지만, 프라이세는 나를 끌어안았다.

귀족인데도 주위 눈을 신경 쓰지 않는 녀석이구나.

"놓치지 않을 거예요! 정부로 삼아 주세요! 토지나 돈을 주세요!"

이 녀석, 의뢰로 강적일지도 모르겠군.

더구나 상당히 악랄한 정신 공격을 시도하고 있다.

하지만 난 마왕이다. 실력부터가 차원이 다르다.

나는 곧바로 프라이세를 뿌리쳤다.

"미안하지만, 내게 그대의 공격은 통하지 않는 것 같군."

"아야…… 이래 봬도 여자라고요. 너무 난폭하잖아요……."

프라이세가 팔을 누르고 있었다. 자업자득이지만, 조금 미안하군.

그때――

프라이세의 눈동자가 반짝 빛났다.

비유가 아니라, 정말로 빛이 났다.

"음……?! 몸이 안 움직여……?!"

"걸렸군요! 제 특기『속박의 섬광』입니다! 당신은 일정 시간 동안 움직일 수 없어요!"

이런. 내가 이런 실수를 하다니. 코앞에서 허무하게 당했다.

당분간은 이탈할 수 없겠군.

"자, 이제부터는 제 시간이에요! 단념해 주세요!"

"대체 뭘 생각하고 있는 거지?"

나는 번뜩하고 프라이세를 노려봤다.

프라이세의 피부에 소름이 돋은 게 보였다.

마왕의 노려보기를 우습게 생각하면 안 된다. 마왕이란 그만한 힘을 가지고 있는 거다. 두고 보자 하니 아까부터 계속 무시하려 드는데.

"지금까지 저지른 무례는 용서해줄 수 있지만, 내 움직임을 막고 대미지까지 주고자 한다면 불경죄로 무거운 벌을 내릴 거다."

앞서 저지른 무례만으로도 불경죄를 물을 수 있지만, 그건 점잖지 않으니 용서해주자.

"으…… 으으으……. 여기서 신분을 꺼내시다니, 비겁해요."

내가 움직이지 못하게 막은 걸 생각하면 피차일반이지.

"나의 움직임을 막아도 달라지는 건 없다. 네가 아무것도 못 하는 것만 봐도 명백하지. 자, 이제 이만 포기하라."

빨리 이 괴짜를 굴복시키고 싶다. 그렇지 않으면 마음을 놓을 수가 없을 것 같다.

"아, 아니…… 여기서 포기할 순 없습니다! 불륜 계약을 맺어서 돈을 받을 겁니다!"

의지는 단단한 모양이다만, 이유가 너무하잖아.

"공격은 할 수 없습니다만, 저에겐 여자의 무기가 있습니다! 미인계를 써서 성희롱이라도 하겠습니다!"

성희롱이라니?!

멍청한 녀석이 행동력이 있으면 귀찮다.

프라이세가 바로 앞에서 나를 끌어안았다.

전신에 부드러운 감촉이 느껴졌다…….

이런 엉터리 마족이지만, 겉모습은 꽤 귀엽다. 마음 한쪽에는 기쁘다고 생각하는 내가 있었다.

"어이, 이봐! 그만둬라! 쓸데없는 짓 하지 마라……! 류젠 가에 이름을 올린 사람이라면 부끄러운 짓을 하지 마라!"

"아뇨, 농락해드리겠습니다! 할인하는 날에만 장을 보는 생활을 끝낼 거예요!"

아까부터 느끼고 있지만, 목표가 너무 생생하다고!

나는 기쁘다는 감정이 일어나지 않도록 필사적으로 참았다.

시간으로 환산하면 별것 없다. 극복할 수 있다!

거기서 익숙한 목소리가 들렸다.

"저기, 마왕. 의식을 확인해야 하니 슬슬 돌아왔으면 좋겠는데."

안젤리카다!

큰일이군!

몸아, 움직여라!

"자자, 그렇게 힘주지 말고 힘을 빼세요~. 같이 기정사실을 만드는 거예요~."

"그러니까 쓸데없는 소리 하지 마라!"

그리고, 드디어 몸이 움직이기 시작했을 때――

안젤리카가 내 앞으로 나왔다.

보기 좋게 프라이세와 껴안고 있는(엄밀히 말하면 프라이세가 일방적으로 껴안고 있는) 모습을 보고 말았다.

"……마왕? 뭐 하는 거야……?"

안젤리카가 눈을 크게 뜨고 있었다.

무슨 일이 일어났는지 모르겠다는 표정이다.

눈앞에 상황을 어떻게 받아들여야 하는지 판단이 서질 않는 모양이었다.

"아, 안젤리카, 그게 아니다! 네가 상상하는 어떤 것과도 달라! 냉정하게 생각해 보아라!"

그러자 안젤리카가 그 자리에서 한 번 천천히 심호흡했다.

다행이군. "바람피우는 거야?! 최악이야!" 같은 오해가 쌓이면 어쩌나 했는데. 역시 용사란 건가. 생각보다 냉정하다.

"냉정하게 생각해 봐도, 마왕이 여자랑 끌어안고 있는 거로밖에 안 보이는데."

아뿔싸, 실수했다!

나도 저항을 해야 했는데!

"이건 흔히 말하는 바람피우는 현장인가? 뭐, 엄마랑 바람을 피운 건지 그 사람이랑 바람을 피웠는지는 모르겠지만. 세상에는 바람피우는 쪽이랑 결혼하는 녀석도 있을지 모르고."

"잠깐, 잠깐! 바람이 아니다! 이 프라이세라는 녀석이 일방적으로 달려든 것뿐이란 말이다! 난 정말 아무것도 안 했어!"

"마왕, 그건 아니지……."

조금 슬픈 듯한 표정으로 안젤리카가 말했다.

"모든 책임을 여자 탓으로 돌리다니, 부끄러운 줄 알아야지. 바람피우는 건 백 보 양보해서 넘어간다 쳐도, 그렇게 상대를 나쁜 사람으로 만드는 건 너무 꼴사납잖아."

무서울 정도로 정론이지만, 이번 일은 프라이세가 일방적으로 잘못했단 말이다!

"어차피, 마왕이 잘 구슬려서 여자가 달라붙게 했겠지. 그럼 마왕은 아무런 책임도 없으니까. 그래, 처세술로는 옳아. 처세술로는."

안젤리카. 왜 차갑게 웃는 거냐……?

진심으로 화를 내는 게 차라리 마음이 편할 것 같다만.

"아~ 아~. 난 마왕을 꽤 믿고 있었는데. 요령 없는 사람이라 사람을 조종할 줄도 모르니, 엄마만 좋아한다고 생각했는데—— 나도 완전히 속고 있었구나. 마왕한테 속다니, 용사 실격이네."

아냐! 너는 내가 아니라, 프라이세한테 속은 거다! 착각하지 마라!

휙, 안젤리카가 등을 돌렸다.

"미안하지만, 오늘 의식은 없던 일로 할게. 어차피 날 이용하려던 것뿐이잖아? 나는 마왕의 손에서 놀아나는 건 사양이야. 용사답지 않다고."

그리고 안젤리카가 달려갔다.

"잠깐, 안젤리카! 내 말을 들어보렴! 듣고 판단해라! 이야기하면 이해할 수 있을 거야!"

"그래요, 용사! 마왕은 이 프라이세와 결혼할 겁니다! 구체적으로 말하면 속도위반 결혼입니다!"

뒤쫓고 싶은데 프라이세 때문에 움직일 수가 없다!

"이상한 소리 하지 마라! 뭐야, 속도위반 결혼이라니!"

"좋은 기회잖아요. 인간 용사를 마왕 후보로 삼는다는 것부터가 말이 안 되는 거라고요. 나와 아이를 만들어서 그 아이를 후계자로 삼으면 끝날 일이라고요. 마왕을 좋아하는 마족과 결혼한다니 딱 좋지 않아요?"

프라이세가 싱글거리면서 눈을 치켜뜨고 내 얼굴을 쳐다봤다.

프라이세가 말도 안 되는 소리를 했지만…… 일리가 있다고 생각해 버렸다.

용사를 마왕 후계자로 세우는 건 전대미문이다.

언젠가 부작용이 생길 가능성도 크다.

마족 여자와 결혼해서 후계를 만드는 편이 훨씬 자연스럽다.

"용사도 진심으로 마왕 후보가 될 생각은 없었을 거예요. 그러니까 그만둔다고 한 거죠. 그럴 수밖에 없죠. 마왕의 후계자니까요. 어린 인간이 감당할 수 있는 게 아니라고요."

프라이세의 말이 내 머리를 흔들었다.

"그러니까, 저와 결혼해서 아이를 만들어요. 그리고, 그 아이를 차기 마왕으로 세우는 거예요. 후후후, 그러면 저는 마왕의 어머니. 권력을 마음대로……."

아아, 그렇군.

오히려 지금까지가 이상했다.

“자, 저 아이는 잊어버리고, 대신 저와의 결혼을 발표합시다. 제가 봉사하겠습니다! 권력만 얻을 수 있다면 타협은 없습니다! 더는 황태자는 어찌 되든 상관없지 않나요?”

프라이세의 마지막 말이 내 머리에 크게 울렸다.

——황태자는 어찌 되든 상관없지 않나요.

“……지당하군.”

나는 갑자기 제정신이 들었다.

“그렇죠? 지금의 아내와도 헤어지고, 마족은 마족과 결혼——.”

나는 천천히 프라이세를 양손으로 떨어트렸다.

“황태자는 어찌 되든 상관없다. 그런 것보다 가족을 먼저 생각해야지.”

나는 계속 의식 생각만 하고 있었다. 하지만 그건 정치라든가 조직의 문제다.

그런 것에 얽매이기 싫었기에 오랫동안 재혼하지 않았었잖아?

우선은 마음이 상한 딸에게 진실을 전해야지. 모든 건 그다음이다.

나는 안젤리카를 쫓아 복도를 뛰어갔다.

믿어 줄지는 모르겠지만. 그래도 말할 수밖에 없다!

달리 방법도 없고 애초에 이런 건 책략으로 해결할 문제도 아니다.

안젤리카, 나는 마왕이 아니라 아버지로서 너를 만나러 가겠어!

의외로 안젤리카를 곧바로 찾을 수 있었다.

안뜰에 있는 정자에 있는 테이블에 팔꿈치를 얹고 앉아 있었다.

레이티아 씨가 있는 곳으로 돌아갈 수도 없었겠지.

"안젤리카!"

나는 안젤리카 바로 앞으로 갔다.

"지금부터 모든 것을 말하겠다. 듣고 판단하렴. 그게 내가 할 수 있는 전부다."

나는 안젤리카의 눈을 보고 차례대로 어떻게 된 일인지 설명했다.

——나를 안고 있던 여자는 먼 친척인 프라이세라는 것.

——영락해버린 일족이고, 거기서 한 번에 상황을 뒤집기 위해서 나와 결혼해달라고 강요했다는 것.

——그리고, 억지로 안기긴 했지만, 기분이 나쁘지는 않았다는 것.

"딱히 좋아하는 여자도 아닌데, 그럭저럭 좋았지. 이건 남자의 본능이라고나 할까……."

"마왕, 그런 것까지 딸한테 말할 필요는 없어. 아니, 안 했으면 좋겠어."

그건 그렇군. 아버지의 성욕이 어쩌니 하는 이야기는 듣기 힘들 거다. 다만——

"내가 뭔가를 숨긴다고 느낀다면 의미가 없다."

내가 하나라도 감춘다면 안젤리카가 나를 완전히 신뢰할 수 없겠지.

"널 오해하게 만들었다면 내 잘못이다. 사과하마. 그리고, 이걸로 네 오해가 풀린다면, 기쁘겠군."

이야기할 것은 전부 이야기했다.

안젤리카가 어떻게 반응할지는 모르겠지만, 내가 해야 한다는 건 분명하다.

"그런데도 내가 『못 믿겠어. 넌 바람피운 거야』라고 하면 어쩔 셈이야?"

아직 안젤리카에게서 찌릿찌릿한 분위기가 느껴졌다.

그렇지만 싸울 때처럼 긴박감은 없었다. 아직 의심이 남아있다는 정도인가.

"적어도 의식은 중지해야겠지. 어쩔 수 없지만."

나는 곧바로 대답했다.

"어? 그런 짓을 해도 돼? 대형 사고 아닌가?"

왠지 안젤리카가 믿을 수 없다는 듯한 표정을 지었다.

왜 거기서 저런 표정을 짓지? 사춘기 딸의 마음은 잘 모르겠군.

"그렇겠지. 참가자들에게 진심으로 사과해야 할 거다. 그래도 후계자를 거부하는 사람을 억지로 후계자로 세울 수는 없으니까, 어쩔 수 없지. 억지로 후계자로 끌고 와 봐야 따르지 않을 게 아니냐."

"진심이야?"
안젤리카가 눈을 연신 깜빡거렸다.
"그렇다만, 대체 뭐 때문에 그렇게 놀라는 게냐? 너무 쉽게 내던지는 것 같아서 불만인가?"
"아~ 뭐랄까."
안젤리카는 머리 뒤로 깍지를 꼈다.
뭔가 김빠진 표정이었다.
"마왕, 정치랑은 너무 안 어울리는 거 아냐? 마왕으로서는 어쨌든, 정치가로서는 이류라고."
"설마 그런 소리를 들을 줄이야. 어떻게 반응해야 할지 모르겠군."
"정치가는 이럴 때 때려서라도 끌고 가야 하는 거 아닌가? 여기까지 와서 갑자기 의식을 취소하면 혼란만 생길 텐데?"
"그렇다고 해도 딸을 불행하게 만들 수는 없지. 나는 마왕이기 이전에 네 아비다."
또 딸이라고 부르지 말라는 말이 날아오겠군.
그러나 생각과 다른 반응이 돌아왔다.
안젤리카가 나에게 다가오더니 등을 툭툭 두드렸다.
"음, 마왕은 좋은 부모가 되려고 너무 노력하는 것 같아. 너무 눈에 보여서, 딸인 내가 더 부끄러울 정도야."
응? 딸이라고 부르지 말라는 소리는 안 하는군.
"좀 더 똑똑해졌으면 좋겠어. 마왕인데도 요령 부릴 줄도 모르고, 매번 정면 승부잖아. 아, 오히려 그게 더 당당하니 마왕다워 보이려나. 전투를 앞두고 온갖 보조 마법을 외는 건 좀 안 어울리는 것 같아."

안젤리카가 뭔가 혼자 중얼거리기 시작했지만, 화가 난 것 같진 않았다.

뭐 그렇게 보일 뿐, 대뜸 다시 화낼지도 모르지만. 안 그래도 여자는 괜찮은지 아닌지 파악하기 힘든데 사춘기 소녀는 더 어렵다.

안젤리카 홱 하고 등을 돌리더니 내게 시선을 던졌다.

"마왕, 곧 의식 시간이야. 돌아가자."

"음? 이해해 준 거냐?"

"잘 생각해 보니, 이렇게 요령 없는 사람이 바람을 피울 수 있을 리가 없겠다 싶어서."

안젤리카는 벌써 저만치 앞으로 가고 있었다.

나도 거기에 맞춰 따라갔다. 보폭을 크게 벌리니 금방 따라잡았다.

"나는 그렇게 요령 없진 않다. 한 번에 여러 일도 처리할 수 있으니 오히려 요령이 있는 편이지."

"아니, 일과 인간관계는 다르지."

"그런가? 딱히 남과 관계를 맺는 게 서툴다는 말은 들은 적은 없다만."

안젤리카는 그 말을 듣고 쿡쿡 웃었다.

"마왕, 어떻게 보면 용사 아버지 같은데! 이러니까 용사의 아버지가 됐구나!"

"칭찬으로 듣도록 하지."

용사의 부모 같다는 말이 마왕에게 칭찬일지 모르겠지만.

이전에 받은 위기관리 연수의 성과가 여기서 나온 모양이다.

좋지 않은 일이 생겼을 때, 숨기지 않고 솔직하게 말하면 도리어 신뢰를 얻을 수 있다. 정보를 감추는 게 가장 하책이다.

그 연수를 받을 때는 반신반의했지만, 안젤리카에의 신뢰를 얻은 것 같다.

"이 뿔 달린 머리띠, 꽤 멋있네. 던전 갈 때도 갖고 가 볼까."

"그건 상관없다만, 의례용이니 방어력은 없어."

그 후, 예정대로 입태자 의식을 거행했다.

먼저 정렬해서 기다리고 있던 신하들 뒤에서 나와 레이티아 씨가 들어갔다.

전처 사사야가 죽고 나서, 옥좌는 중앙에 하나만 남아있었지만, 레이티아 씨가 아내가 됐으니 옥좌를 조금 옆으로 옮기고 왕비용 자리를 설치했다.

"훌륭한 의자네요~. 앉기가 아까울 정도예요~."

"아니, 레이티아 씨가 앉지 않으면 도리어 곤란합니다만……."

레이티아 씨는 의식이 시작됐는데도 태평했다. 역시 터무니없는 거물이다.

이 앞에는 무수한 마족이 줄지어 있다. 그중에는 우락부락한 녀석도 있다. 그런데도 평상심이 전혀 흔들리지 않는다니, 정말 대단하다. 모험가조차 무서워하면서 부들부들 떨 장면인데.

중신들이「인간이라더니, 전혀 떨지 않는군」,「역시 마왕님이 고른 여자라 이건가」,「여걸이로군」하고 소곤거리는 소리가 들렸다.

그런 이유로 고른 건 아니지만, 아내의 평이 좋으니 좋군.

만남에 이유를 대는 건 촌스러운 짓이다. 호의는 어쩔 수 없는 거니까.

레이티아 씨가 앉자, 의자에 몸이 푹 파묻혔다.

"우와아, 정말 푹신하네~. 침대 같아~."

"레이티아 씨, 너무 뒤로 붙어서 앉으시면, 레이티아 씨가 너무 작아 보입니다. 좀 더 앞쪽에 앉아 주세요. 인간용이 아니라 의자가 좀 큽니다."

왕비용 의자에 앉았더니, 레이티아 씨가 아주 작아 보였다.

물론, 레이티아 씨가 줄어든 게 아니라, 의자가 너무 커서 그렇다. 앉는 것보다 권위를 나타내기 위한 아이템이니까.

친척 중에는 프라이세도 있었다.

칫, 작전은 실패했나── 라는 표정을 짓고 있었다. 미안하지만, 네 뜻대로는 안 될 거다.

그리고, 안젤리카는 차치하더라도 레이티아 씨는 내가「바람피우지 않았습니다」라고 한마디만 하면 전부 믿어 줄 테니까.

말도 안 되는 일이지만, 정말로 바람을 피웠다고 해도「바람피우지 않았습니다」라는 말만 하면 뭐든지 믿어 줄 것 같다.

레이티아 씨는 남편을 의심한다는 생각 자체를 못 하는 것 같다.

나도 남편으로서 올바르게 행동하도록 주의해야지.

자, 이제 내가 인사할 차례군.

레이티아 씨 앞이니 확실하게 해야 한다. 일하는 모습을 어필해야겠어.

근데 내가 자리에서 일어나기 직전, 갑자기 식전 참가자들이 환성을 질렀다.

옆을 보니 레이티아 씨가 참가자들을 향해 손을 흔들고 있었다.

"여러분── 제 남편을 잘 도와주세요──."

아니, 그, 나름대로 엄숙한 의식인데 말이죠.

원래라면 격식을 차려야 하지만──죽은 아내 사사야도 이런 식이었다.

사사야의 모습이 레이티아 씨야 겹쳐 보였다.

사사야도, 어떤 식전이든 항상 웃었지. 그리고 분위기에 어울리지 않는 소릴 해서, 주위를 웃게 했었다.

나는 평온함을 주는 여성을 바랐다.

사사야를 닮았다고 느낀 건 나만이 아니었던 것 같았다.

참가자들 틈에서「전 왕비님이 재래하신 것 같다」,「아아, 긴장이 풀린다」하는 소리가 들렸다.

앞으로 마족들에게 필요한 건 평온함일지도 모르겠다.

인간과의 분쟁도 끝났고, 전투 체제도 변해가고 있으니까.

음, 마족 미래의 큰 방향성이 정해진 것 같군. 앞으로 제대로 논의해 봐야겠어.

그럼, 식을 진행해 보자.

나는 천천히 옥좌에서 일어나서 마족들 앞으로 나섰다.

"지금부터 입태자 의식을 시작한다. 이의 있는 자는 지금 말하라."

덧붙여서 말하면, 이건 어디까지나 형식적인 질문이다. 정말 이의가 있다고 해도 여기서 말해 봤자 난처할 뿐이다. 프라이세도 분한 표정을 지을 뿐, 입은 다물고 있었다.

"좋아, 만장일치군. 그럼, 후계자여, 들어오도록!"

정면의 문이 열리고 정장을 입은 안젤리카가 들어왔다. 머리에는 뿔이 달린 머리띠를 하고 있었다.

안젤리카는 꽤 자랑스럽다는 표정을 짓고 있었다.

마족처럼 꾸민 의상도 예상보다 잘 어울렸다.

식전 참가자들이 숨을 삼키는 소리도 들렸다.

으음, 안젤리카는 틀림없이 내 딸이고, 후대 마왕에 어울리는 존재다. 마왕이 된다고 해도, 분명 훌륭하게 마족을 이끌어 줄 것이다.

안젤리카는 천천히 걸어서 내 앞에 멈췄다.

옥좌가 계단 몇 칸 위에 있어 내가 내려보게 되었다.

"안젤리카, 그대를 후계자로 임명한다."

안젤리카가 내 얼굴을 올려다봤다.

아버지를 바라보는 표정이 아니라 전우를 바라보는 표정이었다.

"영광입니다. 삼가 명을 받들겠습니다."

왠지, 눈시울이 뜨거워졌다.

아, 그렇구나. 장한 딸의 모습을 봤기 때문이다.

"안젤리카, 정말 멋있고, 예쁘네. 응, 엄마는 기뻐…… 흑……."

레이티아 씨는 벌써 울고 있었다. 역시, 레이티아 씨는 마음이 예쁘다.

"이래서야 안젤리카 결혼식 때는 어쩔지 모르겠어……."

"그건 아직 멀었으니까, 안심해, 엄마."

"그렇네……. 미안해, 기뻐서 눈물이 멈추지 않아……."

왠지, 공적인 식전이 아니라 가족 기념일처럼 됐다만, 딱히 상관없나…….

식전 참가자 중에서도 손수건으로 눈물을 닦는 자들이 있었다.

「감격스럽군」, 「마왕님 만세!」, 「태자 만세!」, 「인간이 마왕 후계자를 맡는 건 힘들겠지만 힘내라!」

그리고 자연스럽게 박수 소리가 들리더니――

입태자 의식은 감동적인 분위기 속에서 막을 내렸다.

마왕, 임시 직원을 모집하다

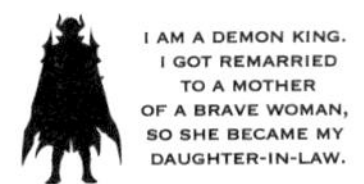

입태자 의식도 무사히 끝났으니 일단락되겠지—— 하고 생각했는데, 오히려 일이 늘어났다.

"마왕님, 이 만큼은 끝내주세요."

토르아리나가 서류 더미를 내 책상 위에 올렸다.

"양이 너무 많다. 나한테 불만이라도 있나?"

"아닙니다. 입태자 의식 때문에 멈춰 있던 통상 업무 서류가 한 번에 온 겁니다. 이건 그중 일부고요. 앞으로도 각 부처에서 올 테니, 잘 부탁드립니다."

"이래서 큰 행사를 하는 건 싫다니까. 일상이 최고야. 결국은 이런 식으로 악영향이 생기잖아."

어떤 큰 행사가 벌어지고 있어도, 통상 업무는 순조롭게 진행된다. 덕분에 결재가 모였다가 한 번에 온다. 유감스럽지만 이것만큼은 어쩔 방도가 없다.

"마음은 알겠습니다, 마왕님."

"말만 그렇게 하지 말고 불쌍하다는 표정이라도 지어봐라. 철가면도 아니고. 무슨 포커페이스야."

토르아리나는 묵묵히 손을 움직여서 작업을 이어갔다. 이따금, 터무니없이 정교한 아티팩트가 아닐까 하는 생각조차 들었다.

"저는 원래 이런 얼굴이라 어쩔 수 없습니다. 그리고, 마왕님이 힘들다는 것도 아주 잘 알고 있습니다. 왜냐하면! 저도 정말 바쁘니까요!"

표정은 변하지 않았지만, 목소리는 커졌다.

"그래, 내가 바쁜데 네가 무사할 리가 없지……."

"그렇습니다. 누군가를 죽이고 싶을 정도로 바쁩니다!"

"음, 확실히 살기가 느껴지는구나."

너무 바쁘면 직장 내의 분위기가 나빠지고 능률이 떨어질 때가 있다.

확실히 지금이 그런 상태다.

좋지 않다.

덧붙이자면 토르아리나는 독기를 발하는 특수 능력이 있어서 스트레스가 과도하게 쌓이면 무의식적으로 독기를 발산해버린다. 비유가 아니라 정말로 직장 분위기가 나빠진다.

어떻게든 해야겠는데……. 직장 환경을 개선해야겠어.

나는「짝!」하고 손뼉을 쳤다.

"좋아, 인원을 늘리자. 비서를 두 명으로 만든다!"

"비서를 늘린다고요? 저야 감사합니다만, 바로는 어렵지 않겠습니까? 뭐, 마왕님의 권력으로 밀어붙이면 못할 건 없지만."

토르아리나는 그런 쪽에 자세하다.

"그리고 스스로 말하기도 뭐하지만, 저와 비슷한 수준의 사무 능력을 갖추려면 15년은 이 일을 해야 합니다. 할 수만 있다면 슬라임에게 도움이라도 받고 싶은 심정입니다만, 진짜 슬라임 수준의 단세포라면 불가능하죠."

"그렇게까지는 바라지 않아. 보조 정도만 할 수 있으면 되겠지. 기간 한정 임시 직원을 공모해보자."

나는 곧바로 공모 서면을 생각했다.

음, 이 정도면 되려나?

임시 직원치고는 급여가 상당히 많지만, 중요한 서류를 담당하는 곳이니까, 많이 줘야겠지.

거기에 능력적으로 어중간한 인원이 오면 오히려 토르아리나가 기분 나빠할 것이다.

그렇게 되면 본말전도다. 이런 일에 돈을 아끼는 건 좋은 선택이 아니다. 급여를 내리는 건 응모자의 질도 낮아진다는 것을 명심해야 한다.

좋아, 모처럼이니 상여금도 연 2회 지급하도록 할까…….

"이러면 어떨까?"

나는 상여를 추가한 안을 토르아리나에게 보여줬다.

"30만 마족 골드에 맞는 사람이 올지 모르겠네요."

"먼저 말해 두겠다만, 쓸모없다고 생각해도 갈궈서 그만두게 하는 건 안 된다……."

토르아리나는 우수하지만, 협조성은 없는 직원이다.

달리 말하자면, 무능한 인간에게는 좀 차갑다.

덧붙이자면, 실제로 빙설 마법 전문가지만, 그건 우연이라는 것 같다.

이런 녀석은 능력이 부족한 사람을 업무에서 빼버리고 혼자서 처리하려는 경향이 있다. 다만 그러면 업무 과다로 무리가 오기 십상이라 제때 김을 빼줘야 한다.

참고로 이건 협조성이 좋은 녀석을 새로 들인다고 해결될 문제가 아니다. 세상에는 개인플레이가 더 효율이 좋은 녀석도 있다. 그것이 사회라는 거다. 능숙하게 부하를 통제할 수 있어야 좋은 마왕이라 생각한다.

"아무래도 마왕님이 저를 거만한 눈으로 쳐다보시는 것 같은데요."

꽤 날카롭군. 과연 비서라 할 만해.

"그럴 수도 있지. 난 마왕이니까……."

"그럼 제가 직접 면접을 맡아도 될까요? 중간에 인사과 사람을 끼면 귀찮아지니 배제하려고요. 면접 허가만 있으면 임시 직원은 인사과 직원이 없어도 뽑을 수 있다는 법령이 있습니다."

무난하게 할 생각이 없구먼……. 게다가 혼자 결정할 생각인가.

그렇지만 애초에 토르아리나가 싫다는 녀석을 채용해봐야 집무실 분위기는 하나도 좋아지지 않을 테니, 토르아리나에게 전부 맡기는 게 좋을지도 모르겠다.

"알았다. 그렇게 하자. 단, 네가 채용한 결과에 불평하지는 마라. 선택한 네가 책임져."

"알겠습니다. 저는 사람을 보는 눈에는 정평이 나 있습니다."

그런데 왜 남자친구는 없지? 하고 생각했지만, 말해봐야 성희롱이 될 테니 입을 다물었다.

건 명	기간 한정 임시 직원 모집 요항
담당자	갈트 류젠
	· 업무 내용은 마왕 집무실에서의 사무 보조. · 근무시간은 아침 9시부터 5시까지. · 휴게 시간은 1시간 반. · 유급 휴가 있음. · 교통비 지급. · 급여는 월 30만 마족 골드. · 1년마다 갱신. 능력에 따라서는 장래에 중급 공무원으로 채용할 수도 있습니다.

"그리고 남자를 보는 눈에도 정평이 나 있습니다. 그러니까, 김빠지는 남자와는 만나지 않는 것뿐입니다."

"난 아직 아무 말도 안 했다만."

그런 소릴 하다가 혼기를 놓치는 사람도 있다만, 뭐, 혼자 사는 라이프 스타일도 나쁘다고 할 순 없지. 마족은 수명도 길고. 사람은 제각각인 법이다.

"그럼, 인사과에 모집하고 싶다고 말하고 와라."

"네, 안심하고 기다려 주세요."

◇

그리고 정식으로 임시 직원을 모집하기 시작했다.

언제 면접을 볼지도 토르아리나가 정했다.

전부 토르아리나에게 맡겼다.

결과적으로 내 일이 늘어나지 않았으니 일거양득이었다.

2주 뒤, 몇 번인가 토르아리나가 「면접에 다녀오겠습니다」라며 자리를 비우곤 했다.

드디어 면접 기간에 들어간 것 같다. 좋은 인재를 채용해줬으면 좋겠군.

그리고, 며칠 뒤.

면접을 끝낸 인원들의 이력서를 확인하던 토르아리나가 자리에서 일어났다.

토르아리나는 선반으로 가더니 「채용」 도장을 꺼냈다.

그리고, 한 장의 이력서에 「채용」도장을 찍었다.

"엄성한 심시 결과, 이 사람으로 결정했습니다."

큰일이 끝나서 그런지, 토르아리나의 표정도 조금 풀어졌다. 성취감이 있겠지. 포상으로 유급 휴가를 줘서, 아이돌 라이브라도 갔다 오게 할까.

"그래, 토르아리나가 선택한 사람이라면 문제없겠지."

극단적으로 말하면 능력도 중요하지만, 토르아리나와 즐겁게 일해줄 인재가 중요하다.

전체 능률이 오른다고 해도, 집무실 분위기가 삭막해지는 건 곤란하다.

뭐, 우수한 사람이라면 토르아리나가 나쁜 감정을 품지는 않을 거다. 그만큼 자기 일이 줄어들 테니.

그렇지만 역시 궁합이라는 게 있다. 그리고 동족 혐오 비슷한 감정도 있다. 성격이 비슷한 사람들끼리 서로 싫어할 수도 있다.

"덧붙여 말하면 마지막에 뭘 보고 정한 거냐? 응모자가 꽤 많았을 텐데?"

직원을 이런 식으로 모집하면, 능력이 비슷한 사람이 몰려 선택하기가 어렵다. 학교 시험처럼 많은 사람이 합격하는 게 아니니, 더욱더 까다롭다.

"한마디로 말하면 의욕입니다. 이 집무실에서 활약하고 싶다는 강한 정열을 느꼈습니다."

"흐음. 토르아리나가 그런 추상적인 기준으로 결정한다니, 약간 의외군."

"솔직하게 말하면 능력은 비슷하니, 선택하기 힘들었거든요."

역시. 그럼 그렇지.

"채용자는 마왕님에게 도움이 되고 싶다고 몇 번이나 호소했습니다. 그런 사람이 일을 대충 하지는 않겠죠."

오, 누군지는 모르겠지만 참 마음에 드는군.

내 성실한 자세가 드디어 보답을 받나 보다. 그래, 마왕은 선천적으로 훌륭한 게 아니다. 계속 훌륭하게 행동해서 훌륭한 것이다.

"채용자에게 바로 연락하겠습니다. 이르면 내일부터라도 나와 주면 좋겠네요."

"그렇군. 그건 네게 맡기겠다."

이제 집무실 업무량도 개선될 것이다. 잘 됐군, 잘 됐어.

무엇보다 일이 줄어들면 가족과 보낼 수 있는 시간이 늘어난다. 유급 휴가를 받아 가족과 쇼핑하러 갈 수도 있다.

응, 훌륭하군, 훌륭해.

다음 날 정각 9시에 집무실 문이 열렸다,

"오늘부터 일하게 된 프라이세입니다. 잘 부탁드립니다――!"

"잘 부탁 못 한다!"

터무니없는 녀석이 들어왔다!

"이 프라이세 씨가 사무 작업을 도와주실 겁니다. 열의가 있는 분입니다."

토르아리나가 담담하게 설명했다.

큰일 났다. 나와 프라이세 사이에 무슨 일이 있었는지 토르아리나는 모른다. 어디까지나 친족 간에 생긴 문제니까…….

"마왕님이 사랑에 빠질 정도로 근면히 일하겠습니다! 아니, 사랑에 빠져 주세요!"

열의는 있다만, 불순하잖아!

"후후후. 가까이 있는 사람에게는 호의를 품기 쉽죠. 이제 금단의 사내 연애로 아이가 생길 겁니다. 제가 왕비가 될 날이 머지않았군요."

내 앞에서 당당하게 말하지 마. 마음속에 넣어둬.

"어라, 마왕님이 아시는 분입니까? 이력서에는 딱히 아무것도 안 쓰여있는데요."

"이 녀석은 닷틀 공작가의 귀족이다. 류젠 가의 먼 친척이지."

"닷틀이라는 귀족이 있었던가요?"

토르아리나조차 모르는 수준이었다.

"아, 닷틀이라는 곳은 말이죠~. 이 산 북쪽에 분지가 있잖아요? 거기에서 분지를 지나 산속으로 들어가면 인구 70명 정도 되는 마을이 있는데요. 바로 거기에요."

프라이세가 지도를 펼치고 설명했다. 매니악한 지도가 없으면 어디인지 알 수도 없을 정도였다.

"우와…… 깡촌이네요. 마을의 자랑이라고는 자연뿐이라고 할 만한 시골이에요."

토르아리나, 실례라고.

"너무 촌이라 살 수가 없어서, 싼 방을 빌려 여기 살고 있습니다!"

그래, 귀족 나부랭이 중에서도 나부랭이가 이 프라이세다.

"뭐, 상관없죠. 프라이세 씨, 일은 제대로 해주시길 바랄게요."

"네, 마왕님을 농락하도록 노력하겠습니다――!"

업무 의욕은 별로 없어 보이는데…….

"아무래도, 사람을 잘못 뽑은 것 같긴 하지만, 이미 지난 일이니 잊어버리죠."

토르아리나도 실수할 때가 있구나. 아니, 잘못된 열의에 속은 건가.

"프라이세, 어쨌든 제대로 일해라. 우리 업무량이 줄어든다면 그걸로 만족할 테니."

"네! 일과 후에 불륜에 빠지겠습니다――!"

그렇게 당당하게 불륜하겠다고 공언하는 녀석이 어디 있어.

"이봐, 토르아리나. 지금이라도 다른 사람을 뽑는 게 어떻겠나? 이 여자가 제대로 일할 것 같진 않은데."

이 녀석, 언동만으로 해고의 기준선을 줄타기하고 있다고.

"마음은 알겠습니다만, 그러려면 이분을 해고하고 다른 사람을 고용하는 서류를 제출해야 합니다. 일이 늘어나요. 그걸 저더러 하라는 건가요?"

토르아리나의 눈에는 귀찮으니까 이 녀석을 그대로 채용하자고 쓰여 있었다.

"큭, 알았다……. 프라이세가 제대로 일하면 참도록 하지."

나도 한발 양보했다. 손이 하나라도 많은 게 좋겠지.

"저기, 마왕님! 마왕님이 좋아하는 팬티색은 무슨 색인가요? 역시 검은색인가요?"

메모장을 꺼낸 프라이세를 보고 머리가 아파졌다.

"업무상 질문을 해라!"

일단은 인원수가 늘어서 업무량이 줄기는 했지만, 왠지 석연찮았다.

사람을 고용하기도 쉽지 않다는 걸 실감하게 됐다.

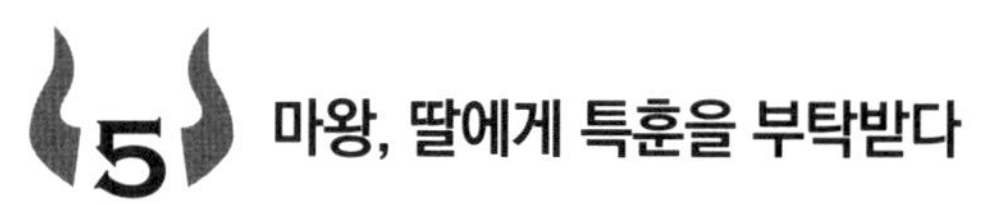

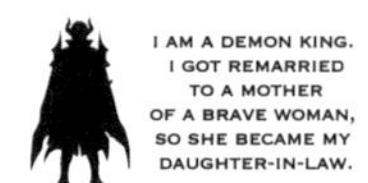

그날 귀가했더니 붕붕 하고 바람을 가르는 소리가 들렸다.

집 뒤쪽에서 안젤리카가 목검을 휘두르고 있었다.

"에잇! 에잇!"

오오, 감탄, 감탄. 역시 용사구나.

나는 잠깐 입을 다물고 그 모습을 구경했다.

잠시 후, 안젤리카가 손을 멈췄다.

"무슨 일이야, 마왕. 히죽거리는 거 기분 나쁜데. 집중이 흐트러지잖아."

"미안, 미안. 열심히 특훈하는 게 훌륭하다고 생각했을 뿐이다."

"이래 봬도 용사니까. 몸이 무뎌지도록 둘 순 없지. 그리고 난 아직 더 성장할 수 있을 거야."

확실히 그렇다. 아직 십 대 중반이니까 노력하면 지금보다 더 강해질 수 있을 거다.

"그런데……."

조금 말하기 힘든 듯, 안젤리카가 시선을 다른 곳으로 돌렸다.

"내 칼솜씨, 어땠어? 마, 마왕이 보기에……."

그런가, 나에게 조언을 구하는 게 쑥스럽나 보군.

하지만 실력자에게 조언을 구하고자 하는 건 좋은 선택이다.

"축이 마구 흔들리고 있다. 그 탓에 한 번 공격하면 몸이 쏠려서 다음 동작이 더뎌지고 있어. 단순히 말한다면 빈틈이 많다."

"생각보다 구체적인 평가인데, 말만 들어선 모르겠어."

그렇겠지. 말만 듣고 해결될 거 같으면 연습을 누가 하겠나.

"시범을 보여주마. 목검을 다오."

나는 안젤리카가 들고 있던 목검을 건네받았다.

"조금 전 네 공격은 이런 느낌이었다."

안젤리카 흉내를 내면서 검을 휘둘렀다.

부웅, 부웅, 하고 바람을 가르는 소리가 울렸다.

"역시 마왕이 검을 쓰니까 박력 있네……. 좀 소름 돋았어……. 휘두르는 모습을 보여주기만 해도 싸우기도 전에 쓰러트릴 수 있을 것 같아."

"그렇긴 하다만, 그 이야기를 하려는 게 아니야. 그런 어중이떠중이 정도는 지금 네 실력으로도 쓰러트릴 수 있을 거다. 그럼, 지금부터 올바른 자세를 보여줄 테니 잘 봐라."

누군가에게 가르쳐 준 적이 없기에 약간 긴장이 됐지만, 나쁜 긴장감은 아니었다.

나는 가볍게 칼춤을 췄다.

눈앞에 있는 가공의 적을 베고, 베고, 난도질했다.

쉬지 않고 벤다! 숨 쉴 틈도 없이 벤다!

목검이 휘어지며 거기에 맞춰 바람이 일어나 안젤리카의 머리카락을 흔들었다.

잠깐 그렇게 칼춤을 춘 뒤, 나는 손을 멈췄다.

"음, 이 정도인가."

"괴, 굉장해……."

안젤리카가 입을 반쯤 열고 손뼉을 쳤다.

"마왕, 굉장해. 처음으로 마왕다웠어……."

어? 가족인데 처음? 약간 충격인데…….

"최상위 검사라도 이렇게까지 멋진 움직임 하진 못할 거야. 마왕이랑 싸우는 나를 이미지 해 봤지만, 마왕의 어디를 노려야 할지 전혀 감이 오질 않았어……."

"당연하지. 인간 검사 따위에게 뒤질 리가 있나. 격이 다르다."

딸에게 칭찬받는 건 좋구나!

오늘 밤에는 술이 맛있겠군!

그렇지만, 거기서 안젤리카는 조금 외로운 듯한 표정을 지었다.

"마왕은 여러 능력을 타고난 건가. 인간은 일생을 바쳐도 그런 경지에 오를 수 없겠지."

이런. 이걸로 딸의 의욕을 없애버리면 본말전도라고.

"잠깐. 태어나면서 가진 소질도 있을지는 모르겠지만, 기본 동작은 연습으로 더욱더 능숙해질 수 있다. 나도 처음부터 이런 수준이었던 건 아니니까."

"그럼 나도 좀 더 강해질 수 있을까……?"

불안한 듯이 안젤리카가 나에게 물었다.

"물론이다."

나는 강하게 고개를 끄덕였다.

"쓸데없는 움직임을 줄여라. 그렇게 하면 적도 너를 공격하기가 힘들어진다. 그 말인즉슨, 패배할 가능성이 줄어든다는 거다. 강해진다는 건 그런 거다."

안젤리카는 조금 망설이는 것 같았지만, 이내 마음을 다잡았다. 눈동자를 보면 알 수 있다.

"마왕, 날 특훈해줘! 지금보다 더 강해져서 활약하고 싶어!"

나는── 정말 기뻤다!

딸이 특훈을 부탁했다! 아버지로서 이보다 더 좋은 일이 있겠는가!

"그, 그런가……. 아니, 부끄럽군……. 그럼, 어울려 줄까……. 하하하하하……."

그러자 안젤리카의 표정이 급격히 식었다.

"뭘 히죽대는 거야. 멋있게 『힘들겠지만, 우는소리 하지 마라』 하고 짧게 말하면 되잖아. 기쁘다는 게 너무 빤히 보인다고……."

"어쩔 수 없잖아……. 딸이 특훈해달라니. 아아, 마왕 하길 잘했다. 강해지길 잘했어."

"배우는 내가 부끄러우니까, 좀 더 위엄을 유지해! 그렇지 않으면 딸이라고 부르는 걸 거부할 거야!"

위엄인가. 그래. 부친의 위엄도 중요하지.

"좋아, 괴로워도 참아라…… 아, 역시 아니야. 힘들면 참지 말고 말해라. 네 페이스에 맞춰 무리 없이 진행하마. 그리고 얼굴에 상처가 생기지 않도록 세심하게 주의하겠다."

"배려가 노골적이잖아! 난 용사로 지내면서 얼굴에 상처가 생기는 걸 무서워한 적 없어! 그 정도 각오는 돼 있다고!"

안젤리카가 화난 모양이다. 이미 눈동자를 볼 것도 없이 알겠다.

"으음, 그리 말해도 학대와 호된 수련은 종이 한 장 차이란 말이지. 다치는 것도 무섭고……."

"그러니까, 그게 무르다고! 마왕은 너무 물러! 좀 단호해져 봐!"

안젤리카가 불평하긴 했지만, 어쨌든 특훈을 하기로 했다.

"그럼, 저녁 식사 후와 이른 아침, 하루 두 번 하는 게 어떠냐?"

"그래, 알았어. 꼭 강해질 테니까!"

◇

저녁 식사 후 조속히 안젤리카와 집 뒤로 나가서 특훈하기로 했다.

크게 상관은 없다만, 저녁이라고 해도 너무 어두운데…….

이유야 명백하다. 주위에 「속박의 나무」를 심었기 때문이다. 방범 효과가 있지만, 너무 잎이 무성한 탓에 빛이 들질 않는다. 보기에도 안 좋다.

나는 안젤리카 바로 옆에서 지도했다.

"그만! 그만! 축이 흔들리고 있다. 몸이 떠오르고 있어."

나는 가까이 가서 옆구리를 목검으로 통통 두드렸다.

"여기, 빈틈이 있잖아. 적이 여기를 노렸다면 위험했을 거다."

"하지만 검에 체중을 실으려면 어쩔 수가 없는데. 팔 힘만으로 공격하면 큰 충격을 줄 수가 없어."

특훈이라고 해도 제자와 스승이 된 건 아니니, 자연스럽게 말대꾸가 돌아왔다. 하지만 이런 의문점을 제시하는 건 나쁘지 않다.

"그거야, 실전이라면 그렇게 나서야 할 상황도 있겠지. 하지만 연습 중에 틈이 많은 건 안 된다."

나도 안젤리카의 의문을 해소할 방침이다.

"그리고, 이기기 위한 검을 생각하지 마라. 중요한 건 패배하지 않는 검이다. 치명적인 실수를 하지 않는다면, 머지않아 활로가 생길 거다."

오, 방금 그 표현 조금 멋있지 않나? 이기기 위한 검이 아니라, 지지 않는 검—— 좋아, 다음에 기회가 있으면 그걸 써 보자.

"마왕한테서 갑자기 잡념이 솟아오르는 것 같은데……."

안젤리카는 이런 게 날카롭단 말이지.

"받아들이지 못하겠다면 목검으로 대련해볼까? 네 틈을 노려서 공격해 주마. 한번 당해보면 문제가 있다는 걸 확실히 깨닫겠지."

"알았어. 해 보자."

아, 지금까지 사춘기 여자아이를 어떻게 대해야 할지 고민이었는데, 그 해답을 찾은 것 같군.

안젤리카는 모험가다. 즉 전투에 관한 것부터 커뮤니케이션을 이어가면 된다. 내 실력이 뛰어나다는 걸 보여준다면 존경받을 수 있을지도 모른다.

"좋아. 해 보자!"

"마왕, 이상하게 기합이 들어가 있네……. 헛돌지 마."

지도자가 의욕이 없어서 분위기를 깨는 것보단 낫겠지. 그래, 긍정적으로 생각하라고.

대련은 바로 승부가 났다.

내 예상대로 안젤리카의 빈틈을 노린 공격이 깔끔하게 명중했다.

물론 힘 조절했다. 대련으로 다치면 더 수련할 수가 없다.

내 목검이 다시 안젤리카의 허리에 닿았다.

"봐라, 또 그렇잖아. 텅 비어있다."

"으윽. 이만큼 실력 차이를 느끼다니, 굴욕이야. 이래 봬도 용사인데……. 틀림없는 용사인데……."

안젤리카는 원망스러운 눈으로 날 쳐다봤다.

자신의 한심한 실력이 화가 나는 거겠지. 그래, 나도 그런 시기가 있었다. 그립군.

"내가 보기에, 지금까지는 속도로 적을 물리친 것 같군. 선수필승. 상대의 기력을 먼저 깎아내면 그만큼 유리해지니까. 특히, 동료들과 있을 때는 다른 녀석들이 도와줬을 거고."

안젤리카의 전투는 동료들과 함께 싸운다는 전제가 깔린 움직임이었다.

그 탓에 혼자 싸웠을 때 나타날 문제를 깨닫지 못하고 있었다.

"뛰어난 검사와 맞붙으면 그 방법은 쓸 수 없을 거다. 당장 지금도 날 전혀 공격하지 못하고 있고.”

“그렇구나. 알았어. 좀 더 강해질게!”

좋아, 아직 의욕을 보이는군.

“그래서 언젠가 마왕을 때려줄 거야!”

왠지 가정폭력 선언 같이 되었다.

“그럼 계속하자. 반복하지만, 너는 빈틈이 많다. 공격이 끝나면 바로 중립 위치로 돌아와라. 아니면 공격하면서 중립 위치로 이동해라. 공격, 방어 비율은 3:7 정도면 충분하다.”

“7할? 너무 극단적이지 않아?”

“어차피 빈틈이 많은 녀석은 금방 당한다. 실력이 좋은 녀석들은 모두 방어가 튼튼한 법이지. 벌써 지친 건 아니겠지?”

“그래! 하자!”

안젤리카가 투쟁 본능을 보였다.

의욕만은 철저하구나. 이 의욕이 용사가 될 수 있었던 원동력이겠지.

나는 다시 안젤리카와 대치했다.

“좋아! 전력을 다해서 덤벼라!”

“간다!”

그때, 집 부엌문이 열리는 소리가 났다.

“두 사람~. 차와 과자를 준비했어요~.”

앞치마를 입은 레이티아 씨가 우리를 부르고 있었다.

“네, 지금 갑니다!”

나는 레이티아 씨 쪽으로 몸을 돌렸다.

"빈틈이다!"

안젤리카가 힘껏 내 팔을 때렸다.

"아야!"

나는 무심코 그 자리에 주저앉았다.

이 녀석, 진심으로 때렸어……. 마왕이라도 아픈 건 아프다고!

"너 말이야, 좀 치사하지 않아?"

"마왕이야말로 어디에 한눈파는 거야. 엄마가 나온 순간 당당히 곁눈질하지 마. 게다가, 전력으로 덤비라고 한 건 마왕이잖아."

"어쩔 수 없다. 나는 레이티아 씨를 위해서 살아가고 있으니까."

"얕보는 거야?"

"얕보는 게 아니다. 전력이다."

그러자 안젤리카가 씩 웃었다.

"그럼 마왕의 약점이 엄마라는 건 확실하네."

내 약점을 알아낸다고 네가 강해지는 건 아닌데……? 그런 암기 게임 같은 짓을 하면 오히려 실전에서 불리하다고?

팔은 아팠지만, 땀을 흘리고 나서 마시는 차는 최고였다.

"레이티아 씨, 차를 정말 잘 끓이시네요."

"숨겨진 조미료는 애정이에요~."

"과연. 저도 기쁩니다."

"둘 다, 특훈 직후에 달라붙는 건 그만둬!"

딸에게서 불평이 날아왔다.

다음부터 내가 대련에 이길 때마다 레이티아 씨와 달라붙을 권리를 달라고 할까. 그렇게 하면 나도 마음을 다할 텐데.

아니, 그러면 안젤리카가 특훈 자체를 그만두겠군.

◇

안젤리카와의 특훈은 그 뒤에도 계속됐다.

할 마음이 없으면 3일 만에 질려서 그만뒀을 테지만, 안젤리카는 그만두지 않았다.

그리고 5일 후.

"이야아압!"

안젤리카가 내 오른쪽 다리에 일격을 넣었다.

"오오, 드디어 해냈구나! 용사답게 성장 속도가 훌륭하다!"

명색이나마 방어 중인 마왕을 상대로 공격을 성공한 건 대단한 거다.

"아니, 이제 겨우 한 번이잖아. 아직 기뻐하긴 일러. 진짜 싸움이라면 내가 졌을 거야."

안젤리카 녀석, 나에게 이길 생각인가. 그 기상만은 칭찬해주지.

"흥, 마왕을 이기기에는 아직 10년은 이르다. 나는 검사가 아니니 싸울 때는 마법도 전부 사용해서 싸울 거다."

좀 어른스럽진 않지만, 쉽사리 딸에게 추월당할 수는 없다.

"이래 봬도 나는 마왕 후계자라서 말이지. 마왕한테 상대조차 안 되는 채 있을 순 없어. 꼭 앞질러줄게."

"그 말, 잊지 마라."

오오, 이거 꽤 부녀 같은 분위기인데!

특훈이 안젤리카의 신뢰를 얻는 열쇠였다니. 앞으로도 활용하자.

"어라, 이 냄새는……."

안젤리카가 무언가를 눈치챈 것 같다.

"엄마가 쿠키를 굽고 있구나……. 설마 마왕, 이거 때문에 마음이 흐트러져서 맞은 건 아니겠지?!"

의혹의 시선이 날아왔다. 또 신뢰에 금이 갈 것 같군…….

"아니, 나도 레이티아 씨가 쿠키를 굽고 있는 건 알고 있었다만, 그것 때문에 싸움에 집중하지 못한 건………… 사실관계를 조사 중이니 발언은 삼가도록 하지."

"공무원 같은 핑계 대지 마! 역시 다른데 정신을 팔고 있었잖아!"

안젤리카가 검을 내 쪽으로 붕붕 휘둘렀다.

연습인지 뭔지 모를 그런 동작이 제일 대처하기 힘드니까 그만둬라!

"어쩔 수가 없잖아! 코끝을 간지럽히는 향기가 느껴지면 나도 모르게 '꽃 모양이나 곰 모양 쿠키를 만들고 있을까? 오늘은 무슨 차가 나올까?' 하는 상상을 하게 된다고! 잡념이 생길 수밖에 없단 말이다!"

"마왕, 특훈 뒤에 마실 차 생각만 하는 거 아냐?! 목적이 그쪽인 것 같은데!"

"특훈을 소홀히 하진 않았다! 제대로 하고 있어! 진짜다!"

안젤리카의 신뢰 관계도, 안젤리카의 실력 향상도 두 걸음 정도는 느려지겠군.

덧붙이자면, 불평은 했지만, 안젤리카도 쿠키를 우걱우걱 먹었다.

"음, 버터가 가득 들어가서 맛있어! 엄마, 고마워!"

"그래, 많이 먹으렴~. 맛있게 먹어 줘서 엄마도 행복해~."

으음, 단란한 한때라. 귀중한 시간이다.

테이블에는 쿠키 외에도 낯선 과일이 놓여있었다. 이상하게 거무칙칙해서 별로 식욕이 돋지는 않았지만, 의외로 맛은 좋을지도 모른다는 생각이 들었다.

근데 대체 이게 무슨 과일이지?

"레이티아 씨, 이 과일은 뭔가요?"

인간 사회를 꽤 공부했다고 생각했는데, 아직도 모르는 게 있었구나.

"아, 그건 「속박의 나무」에 열매가 열렸길래 점심에 딴 거에요~."

"""풉!"""

나와 안젤리카가 동시에 차를 뿜었다.

“어머나, 그렇게 놀랄 건 없잖아요. 먹어 봤는데, 즙도 많고 맛있었어요~.”

뭔지도 모르는 마족 땅의 과일을 태연하게 먹은 건가. 레이티아 씨, 배짱이 두둑하군…….

“레이티아 씨, 「속박의 나무」에 너무 가까이 다가가지 마세요. 이름 그대로 속박당할 우려가 있습니다.”

“맞아. 그건 평범한 사람이 피할 수 있는 속도가 아니야. 다가가면 안 된다고!”

안젤리카가 내 말에 맞장구를 쳤다.

뭐, 모험가는 움직이지 못하는 상황이 얼마나 위험한지 잘 알고 있겠지.

“괜찮아요~. 덩굴이 움직이긴 했지만, 별문제 없었으니까요~.”

“엄마, 미안하지만 아마추어가 괜찮다고 하는 말은 신뢰성이 없어. 위험하니까 그러지 마!”

“그럼, 안전하다는 걸 보여줄게. 안젤리카가 너무 예민한 거야~. 기껏해야 붙잡으려 하는 게 전부인걸.”

결국, 나와 안젤리카는 레이티아 씨의 「괜찮다」를 검증하기로 했다.

「속박의 나무」는 적을 붙잡을 뿐, 공격하진 않기에 탈출할 능력만 있으면 크게 위험하진 않다.

「속박의 나무」가 달빛을 받고 있었다.

“여기 봐, 덩굴이 휠 정도로 열매가 잔뜩 열렸잖아?”

“정말 그렇군요. 너무 우거진 것 같기도 합니다만…….”

이곳의 흙이 잘 맞았는지, 심은 지 얼마 되지도 않았는데 쓸데없이 쑥쑥 자라고 있었다.

밖으로 나가는 길도 넝쿨로 가로막히기 직전이었다. 출퇴근할 때는 모르고 있었는데, 가만히 두면 머지않아 입구가 완전히 막힐 것 같다.

레이티아 씨는 오른손에 과일을 따기 위한 가위, 왼손에는 과일을 넣을 바구니를 들었다.

“자, 갈게요~.”

레이티아 씨가 「속박의 나무」에 다가갔다.

곧바로 「속박의 나무」가 덩굴을 뻗었다. 뭐, 나무의 시선으로는 열매를 따러 오는 자는 가장 먼저 막아야 할 대상이겠지.

“엄마, 위험해!”

그러나——

“얍♪”

레이티아 씨는 리듬감 있게 움직이며 덩굴을 싹둑 잘라 막고는 그 틈에 열매꼭지를 잘라 바구니에 넣었다.

다른 덩굴도 다가왔지만, 그쪽도——

“에—잇♪”

간단하게 가위로 잘라 막았다.

그리고 다시 열매를 땄다.

나비처럼 날아 벌처럼 쏜다는 게 저런 걸까.

안젤리카가 황당하단 얼굴로 바라보고 있었다. 레이티아 씨에게 이런 재능이 있는 줄 전혀 모르고 있던 모양이다.

"레이티아 씨, 대단하십니다! 그런 움직임은 어디서 배우신 거죠?!"

"저, 어릴 적에 댄스를 배웠었어요~♪."

댄스를 배웠다고 저렇게 되진 않을 텐데…….

그 뒤로도 레이티아 씨는 바구니가 가득 찰 때까지 열매를 수확했다.

"자, 이렇게 하면 돼~♪."

마지막으로, 뒤에서 다가온 덩굴도――

"자, 싹둑♪."

하고, 뒤를 돌아보지도 않고, 팔만 뻗어서 가위로 잘랐다.

너무 솜씨가 좋아서 말도 안 나오는군.

"엄마, 사실은 암살자의 과거가 있다거나 하진 않지……? 딸한테 숨기는 거 없지……?"

"그런 거 없어. 그냥, 댄스를 배웠을 뿐이라니까~."

"아니, 아니, 아니, 아니! 댄스를 배운다고 그렇게 되진 않아!"

나도 그렇게 생각한다.

저건 이상하다. 적어도 평범한 주부의 실력이 아니다.

"레이티아 씨, 대체 무슨 댄스를……?"

"음~ 검무라는 댄스였던 것 같아요~. 나이프를 들고 춤추는 거요~.”

과연, 그랬군!

“그러고 보면 검무를 암살에 썼다는 이야기도 들은 것 같긴 하네~. 물론 나는 그런 적 없어~. 피를 보는 건 무섭잖아.”

레이티아 씨는 차분하게 말했다.

다만, 달빛을 받아 가위가 빛나는 모습이 조금 무서웠다.

“저기, 마왕. 엄마는 모험가로 치면 어느 정도의 실력이야?”

안젤리카가 작게 말했다.

“마족 성 방범용 식물을 마음대로 다룰 정도면 상당한 반사신경이지. 모험가라 할 만큼 공격력이 있는지는 모르겠지만, 신인 모험가 파티 정도라면 쓰러트릴 수 있을 것 같다…….”

안젤리카가 용사가 될 수 있었던 이유 중 하나가 분명해졌다.

인간, 노력만으로는 안 되는 건가……. 소질을 이어받았을 줄은…….

“자, 둘 다 받아. 따자마자 먹는 게 특히 더 맛있어요~♪.”

레이티아 씨가 「속박의 나무」 열매를 우리에게 내밀었다.

가위라는 흉기를 들고 있어서, 거부하기가 어려웠다. 아니, 아내가 나를 찌를 거라는 의심은 전혀 안 하지만!

덥석 물었더니 과즙이 입안에 퍼졌다.

“알맞은 산미와 그것을 웃도는 달콤함…… 주스로 만들어도 맛있겠네요!”

“생긴 건 거무칙칙한데, 진짜 맛있어! 심길 잘했네!”

"그렇지~? 이웃들한테도 나눠주려고~♪"

이 외래 식물 때문에 주변 환경에 영향이 생길 수도 있지만, 뭐, 맛있는 열매를 얻을 수 있으니…… 괜찮겠지?

레이티아 씨의 숨겨진 비밀에 정신을 빼앗겨 보고만 있었는데, 가장으로서 해둬야 할 게 있었다.

"레이티아 씨, 부지 밖으로 튀어나온, 길을 막으려는 열매부터 먼저 따주실 수 있나요?"

"네~♪."

레이티아 씨는 가위를 들고 춤추면서 열매를 땄다.

표정은 항상 변함없이 자애로 가득 차 있었지만, 날붙이를 들고 있어 도리어 무서웠다…….

몇 분 만에 그 근처에 있던 과일을 전부 땄다.

기분 탓인지는 모르겠지만, 나무가 낙담한 것처럼 느껴졌다.

모처럼 열매를 맺었더니 전부 가져가서 그런가.

하지만 열매를 딴 건 최소한의 자비를 베푼 거다. 조금 솎아낼 생각이니까.

나는 오른손을 내밀었다.

그리고 작게 영창했다.

이 마법은 예부터 오작동을 방지하기 위해 영창형식을 지켜왔다.

위력은 가장 약하게 해도 충분하겠지. 한두 명이 지나갈 수 있을 정도면 충분하다.

——펑!

고막을 울리는 소리와 함께 통로를 막고 있던 무성한 가지가 폭발했다.

가지와 이파리들이 주위에 흩어졌다.

폭발 마법으로 길을 억지로 만들었다. 난순한 화염 마법을 쓰면 불이 나서 나무가 전부 불타거나 자칫 집에 옮겨붙을 수가 있기에 좁은 범위를 노리는 이런 상황에는 폭발 마법이 가장 적당하다.

"후우……. 이걸로 됐겠지. 성장 속도가 꽤 빠르니까, 조만간 또 막힐지도 모르지만……."

성에 있는 나무들은 정원사가 맡아서 손질하고 있어 몰랐는데, 직접 하려니 꽤 힘들었다.

"우와아, 갈트 씨, 멋져요~."

레이티아 씨의 그 말을 들으니, 얼마든지 싸울 수 있을 것 같습니다. 칭찬해 주는 사람이 곁에 있는 건 감사한 일이다. 의욕이 생기는군.

"혹시 『속박의 나무』가 또 무성해지면 바로 말해 주세요. 제가 부숴버릴 테니."

레이티아 씨는 바구니를 안아 들고 집으로 돌아갔다.

그럼, 나도 갈까.

그 순간 누군가가 내 팔을 당겼다.

보나 마나 안젤리카겠지만, 안젤리카치고는 좀 이상한 행동이었다. 평소에도 보디 터치는 거의 하지 않으려 하니까.

안젤리카 쪽으로 고개를 돌리니, 안젤리카가 눈을 반짝이고 있었다.

뭐야, 이 동경하던 유명인을 만난 것 같은 반응은……?!

마왕은 유명인이라 할 수도 있지만 매일 얼굴을 보는 마당에 그건 아니리라. 대체 왜 이러지?

"저기, 저기! 방금 그 폭발 마법은 어떻게 하면 쓸 수 있어?"

안젤리카가 천진하게 나에게 물었다.

"주문을 영창하고 손에 마력을 모으기만 하면 된다. 다만 주문이 고대 마족어니까 네게는 다소 어려울 거다. 그리고 마족의 마법을 인간이 쓰는 것도 별로 추천하지 않아."

종족 상관없이 둘 다 쓸 수 있는 마법이 있는가 하면 둘 중 한쪽만 쓸 수 있는 마법도 있다. 물론, 체질상의 문제가 아니라, 마족은 쓰지만 인간 세상에서는 금기 마법이 되어 있거나 꺼림칙해서 피한다거나 하는 이유다.

폭발 마법도 마찬가지인데, 뭔가를 날려버리는 게 인상이 안 좋은지 인간 마법사들은 별로 배우지 않는다.

세레네가 있으니 당연히 알고 있을 줄 알았다만.

"있잖아, 나도 그 폭발 마법, 배우고 싶어!"

안젤리카가 나에게 부탁했다.

"특훈으로 마법도 가르쳐 줘, 가르쳐 줘!"

"너, 마법에는 사족을 못 쓰는구나……."

안젤리카가 고개를 끄덕였다.

“당연하지! 폭발이잖아! 진짜 멋지잖아!”

정말 순수한, 티 하나 없는 눈빛이었다.

“옛날부터 그 마법, 정말 써 보고 싶었어. 폭발 마법을 쓰는 마족과 싸울 때마다 쾅, 하고 터트리면 스트레스도 해소할 수 있겠지 하는 생각을 했다고.”

“그, 그러냐……? 그야, 멋있다고 못 할 건 없다만…….”

왜지.

부모가 쓰는 마법에 흥미를 느꼈다는 기쁨보다, 공연한 두려움이 느껴졌다.

이 녀석, 폭발시킨다는 행위에 흥미가 있는 거 아닌가……?

장래에 뭐든 폭발시키는 녀석이 되진 않겠지……? 터무니없는 위험인물인데…….

“뭐, 가르쳐 주는 건 어렵지 않아. 고대 마족어 영창에 익숙해질 때까지 시간이 걸릴지도 모르겠지만, 순서대로 하면 할 수 있다. 마족어로 회화하려는 게 아니니 발음만 괜찮다면 통으로 외워도 된다.”

“응응! 할래! 확실하게 외울게!”

으음, 딸이 의욕을 내는 건 좋다만, 그다지 기쁘지 않군…….

“근데 정말 괜찮은 거냐? 인간 사회에서는 폭발 마법을 쓰는 사람을 무서워할지도 모르는데?”

나로서는 이게 정말 괜찮은 건지 걱정이 된다만.

"애초에 용사다운 마법과도 거리가 있다. 나는 4대 원소인 땅, 물, 불, 바람 공격 마법을 쓰는 게 정통파 용사라고 생각한다만……."

"아니, 그건 낡은 생각이야. 좀 더 화려한 게 좋아."

역시, 이 녀석, 역시 폭발이 좋은 것뿐인 거 아니야?

"모든 것을 폭발시켜서 해결하는 용사, 꽤 괜찮지 않아? 신시대의 용사답잖아!"

"그건 네 개인적인 감상이겠지……. 꽤 위험한 마법이니까, 신중하게 써야 한다. 짜증 나는 모험가 길드 같은 걸 날려버린다든가 하지는 말아라."

"걱정하지 마. 그야 부숴버리고 싶은 모험가 길드가 몇 군데 있었지만, 개인적 원한으로 폭파하지는 않아."

"머릿속으로 그런 생각은 해 봤구나……."

"안 해, 안 한다니까. 내가 이렇게 말해놓고 그런 일이 생기면 단서가 되잖아. 수배자가 되고 싶진 않아."

무슨 말인지는 알겠지만, 이럴 때는 「용사는 다른 사람을 상처 입히는 데에 마법을 쓰지 않아」라고 말하길 바랐다.

어쩌지. 지금 와서 안 가르쳐 주겠다고 하면, 「너는 무슨 짓을 저지를지 모르니까, 가르쳐주고 싶지 않아」라고 말하는 거나 마찬가진데.

내가 망설이는 걸 감지했는지 안젤리카가 내 바로 앞으로 왔다.

불평이라도 하려는 건가…….

“마왕, 나는 차기 마왕이 될지도 모르는 마왕 후계자잖아?”
안젤리카가 가슴에 손을 얹고 선언했다.
“그런데 내가 마왕이 쓰는 마법을 안 배우면 어떻게 보이겠어? 용사가 쓰는 게 이상하다고 해도, 마왕이 쓴다고 생각하면 자연스럽잖아?”
“음, 네 말이 옳다.”
나는 논파 당했다.
용사로서가 아니라 마왕 후계자로서라고 생각하면 이상할 게 없었다.
것보다, 이 녀석, 이럴 때만 머리 회전이 빠르구나.
그래도 장래 선택 중에 ‘마왕이 된다’가 있다는 게 기분이 좋았다.
그냥 내 부탁으로 후계자에 올랐을 뿐이라고 생각했는데, 그럭저럭 각오도 있었던 모양이다.
인간인 데다, 여성인 마왕은 사상 최초가 아닐까.
어쩌면 안젤리카가 완전히 새 시대를 열어 줄지도 모른다.
“좋아, 가르쳐 주지.”
“고마워, 마왕! 열심히 할게!”
안젤리카가 양손을 꼭 쥐고 각오를 다졌다.
“이 마법을 배우려면 우선 영창에 쓸 고대 마족어를 배워야 한다. 재미없겠지만, 도중에 그만두면 안 된다?”
“폭발 마법을 위해서라면 참을 수 있어!”

폭발을 얼마나 좋아하는 거냐…….

아니지. 어쩌면 딸에게 마법을 올바르게 쓰는 방법을 가르치는 것도 부모의 일이 아닐까.

무엇을 조심하면서 폭발 마법을 써야 하는지를 내가 하나씩 제대로 가르쳐주면 된다. 그걸 가르치기 전부터 도망쳐서 어쩌자는 거냐.

지금이야말로 내 부모로서의 소질이 시험받는 순간이다.

"네 마음은 잘 알겠다. 나를 스승이라 생각하고 따라와라!"

"응, 그럴게! 마왕의 제자가 되어서라도 폭발 마법을 배울게! 날려볼게!"

폭발 마법을 위해서라면 세상의 절반 정도를 넘겨줄 듯한 기세가 느껴졌다.

"그럼, 오늘은 늦었으니, 이만 들어가자."

계속 밖에서 서 있었더니, 몸이 조금 식었다.

"나는 지금부터라도 연습할 수 있어!"

의욕 덩어리냐. 아니면 전투 민족이냐.

"잠깐, 어차피 고대 마족어 발음을 먼저 배워야 하니, 굳이 여기서 할 필요는 없어. 그리고 너무 열심히 해도 벅찰 테니 꾸준하게 하자."

"그건 그렇네. 음, 그럼 오늘은 목욕하고 잘게."

내 어깨에 새로운 책임을 지게 된 하루였다.

뭐, 레이티아 씨도 검무로 누군가를 암살한 적은 없다고 했으니,

제대로 교육한다면 안젤리카도 위험하게 쓰지는 않을 거다.

이 세상 모든 육아를 경험한 부모들을 존경한다. 모든 부모는 대단한 일을 하는구나.

안젤리카는 진지하게 폭발 마법 공부를 했다.

레이티아 씨도 「이렇게 열심히 책상 앞에 앉아 있는 안젤리카를 보는 건 처음이에요~」라고 말할 정도였다.

덧붙이자면, 책상 앞에 앉은 이유는 고대 마족어를 공부하기 위해서였다.

"저기, 발음만 하면 되는 거 아냐? 왜 고대 마족어 받아쓰기를 하는 거야?"

내가 성에서 가져온 『고대 마족어 입문』, 『하나부터 시작하는 고대 마족어』라는 책을 앞에 두자 안젤리카가 불평했다.

"영창도 중요하지만, 영창할 때 머릿속으로 그 말뜻을 이미지로 만들지 못하면, 마법이 제대로 발동하지 않아. 게다가 한번 배워 두면 폭발 마법 외에 다른 마법을 배울 때도 빨리 배울 수도 있지."

이 말은, 7할은 사실이지만, 3할 정도는 거짓이 섞여 있었다.

모처럼이니, 고대 마족어 자체를 가르치고 싶었다.

고대 마족어를 할 수 있게 되면, 다른 마족들도 대단하다면서 감탄할 거다.

후계자인 안젤리카에게 흥미를 느끼는 마족도 늘어날 테니 거기에 어울리는 지식을 갖게 해 두는 게 좋을 것이다.

"알았어! 전보다 똑똑해졌으니 이 정도는 할 수 있어!"

안젤리카는 묵묵히 고대 마족어를 배우는 데에 몰두했다.

받아쓰기는 안젤리카가 혼자서 했고, 발음 지도는 내가 해 줬다.

"비아-베……."

"아니, 그게 아냐. 마지막에는 좀 더 목 안쪽에서 소리를 낸다는 느낌으로. 그리고 중간 부분은 혀를 좀 더 말아야 한다. 비아와-베다."

"비아아-베? 이렇게?"

"아직. 좀 더 해봐. 비아와-베다."

"정말 어렵네……."

익숙하지 않은 언어 문법은 힘들 텐데, 그런데도 안젤리카는 잘 따라와 주었다.

"내 발음도 완벽하다고 하기엔 의심스러운데. 좋아, 그럼 마족 가정교사라도 고용할까. 주 2회 정도 가르침을 받으면 꽤 효과가 있겠지."

"응? 마족 가정교사……? 아직 마족은 익숙하지가 않아서……."

그야, 부모가 가르치는 거에 비하면 거부감이 크겠지. 모르는 녀석이 오는 거니까 저항감도 있을 테고. 나도 강요할 생각은 없다.

"아니…… 할게! 좀 더 공부해서 강해지고 싶어!"

안젤리카가 힘차게 말했다.

지금의 안젤리카는 성장하려고 한다!

큰 벽을 넘으려 한다!

"좋아——! 최고의 가정교사를 불러올 테니 기다려라!"

나는 비싼 돈을 써서 가정교사 회사에서 제일 인기가 좋은 교사를 초빙했다.

가정교사는 안경을 쓴 외뿔의 여마족이었다. 뿔이 하나밖에 나지 않은 사람은 거의 없는데. 거기다 안경 때문인지, 토르아리나와 비슷한 분위기였다.

"안젤리카, 이분이 가정교사다."

"라누에누입니다. 잘 부탁드립니다. 편차치 20인 고블린을 탑클래스 대학에 보낸 적도 있습니다."

"내가 생각했던 것보다 대단한 사람이 왔구나……. 잘 부탁드립니다……."

"네. 전력을 다해서 철저히 가르치겠습니다. 잘 부탁드립니다."

나는 안젤리카의 방을 나왔다.

레이티아 씨가 방문 바로 앞에 서 있었다. 어떤지 신경이 쓰이는 모양이었다.

"그 아이한테 가정교사를 붙이다니, 한 번도 생각해 본 적도 없는데, 잘할지 걱정이에요. 선생님께 화내거나 하진 않겠죠……?"

"일단 딸을 믿어 봅시다. 안젤리카가 자기 입으로 한다고 했으니까요."

"그렇네요. 그 아이 인생이니까, 부모가 지켜봐야겠죠."

뜻밖에 수험생 아이를 가진 가정 같은 분위기가 됐다.

얼마 전까지 검술 특훈을 했을 텐데…….

궤도를 벗어났다고 할까, 변질했달까…….

그래도 좋군.

안젤리카는 아직 젊다. 젊을 때 도전하는 건 좋은 일이다. 만일 좌절한다고 해도 그게 인생의 양식이 될 테니. 어른이 되어 좌절하는 것보다 상처가 아무는 속도도 훨씬 빠를 테고.

"여보, 차라도 한잔하실래요?"

"아, 그럼, 부탁합니다── 앗, 방금 여보라고……."

레이티아 씨가 나를 그렇게 부른 건 오랜만이었다.

"후후후, 그 아이는 당분간 공부 때문에 방에서 나올 일이 없잖아요."

"아, 그 그렇지, 레이티아…… 씨."

경칭을 생략할 용기는 없었다.

그렇지만, 안젤리카가 노력했기에 가족의 결속이 강해진 것 같은 기분이 들었다.

그리고 한 달 뒤.

우리 가족 셋과 가정교사 라누에누 씨가 밖으로 나왔다.

안젤리카는 마법사임을 나타내는 로브를 모험가 복장 위에 걸치고 있었다.

"그럼, 안젤리카 씨, 시작하세요."

라누에누 씨가 지시했다.

"네, 선생님!"

안젤리카가 고대 마족어 영창을 시작했다.

내가 처음 들었을 때와는 비교도 되지 않을 만큼 깨끗한 발음이었다.

중간에 실수할 만한 부분도 실수 없이 말을 이어갔다.

마지막에 오른손을 앞으로 내밀었다.

——후웅!

작은 폭발과 동시에 뜰에 나 있던 잡초가 날아갔다.

위력은 아직 약했지만, 폭발 마법은 성공했다.

"해냈군요, 합격입니다!"

언제나 침착하던 라누에누 씨도 흥분한 목소리였다.

"해냈다——! 이제 뭐든 폭발시킬 수 있어!"

안젤리카도 순수하게 기뻐하면서 레이티아 씨를 끌어안았다.

"잘했어, 안젤리카. 축하해야겠네."

"나, 어디 내놔도 부끄럽지 않은 용사가 될게!"

그리고, 조금 덧붙이듯이 이렇게 말했다.

"……그리고, 마왕이 될지도 모르니까. 그때를 위한 준비도 해 둬야지."

아아, 폭발 마법을 배우고 싶어 한 건 그런 의도였나.

그저 화려한 공격 마법이 쓰고 싶은 것뿐인가 생각했는데. 이런 아버지를 용서해줘.

안젤리카, 너는 어디 내놔도 부끄럽지 않은 마왕 후계자다.

그런데, 그로부터 며칠 뒤——

밤에 폭발음이 연이어 들려왔다…….

나는 집 밖으로 나왔다.

"안젤리카! 주위에 민폐니까 폭발 마법을 시험하지 마라!"

"미안, 미안. 한 번만 더 할게!"

안젤리카는 폭발 마법으로 놀기 시작했다.

다음에는 정신 교육을 하고 있을 것 같군.

조용한 시골 농촌에 한 번 더 메마른 폭발음이 울려 퍼졌다.

마왕, 딸의 인간관계에 대한 고민을 듣다

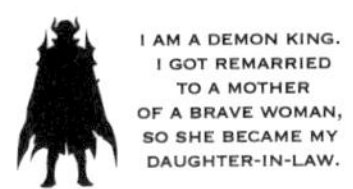

"저기, 마왕님, 이 서류, 이 부분이 무슨 뜻인지 모르겠는데요, 기르쳐 주실 수 있나요?"

내 옆에 임시 직원 프라이세가 달라붙었다.

"가르쳐 주는 건 상관없다만, 너무 달라붙는 거 아닌가?"

내 팔에 독특한 탄력이 느껴졌다.

"그야, 제가 일부러 그렇게 하고 있으니까요. 유혹하고 있어요!"

이거 성희롱이라고. 해고 사유라고.

"어때요? 불끈불끈하시나요? 퇴근하고 호텔에 가실래요?"

"근무시간에 이상한 소리 하지 말고 가서 일이나 해."

나는 담담히 대응했다.

"잠깐! 너무해요! 너무 사무적이잖아요! 못해도 부끄러워한다든가, 놀라든가 해야죠! 여자로서 진 기분이 들잖아요!"

그야 하루가 멀다고 이런 일을 당하면 익숙해질 수밖에 없지.

가슴도 그냥 살덩어리일 뿐이라고 생각하니 정말 아무래도 좋아졌다.

"그리고 그런 건 토르아리나에게 물어라. 너를 채용한 건 토르아리나라고."

토르아리나가 책임져야지.

"그렇네요. 프라이세 씨. 모르는 게 있으면 알려드릴 테니, 이리로."

토르아리나는 이런 상황에도 차분하게 업무를 진행하고 있었다. 이게 평소 집무실의 구도였다.

“그리고 프라이세 씨, 마왕님 유혹 작전은 불가능할 겁니다. 독신이 된 마왕님을 노린 여성은 꽤 많았습니다만, 모두 격침당했습니다.”

“사사야한테 미안했으니까. 그리고 무엇보다…….”

나는 옛날 일을 떠올리면서 넌더리를 냈다. 내 탓은 아니었지만 그땐 정말 끔찍했다.

“다들 얼굴에 『돈!』, 『출세!』 하고 쓰여있었다고. 그야, 마왕의 결혼에 정략 요소가 없을 수는 없겠지만, 그래도 좀 더 숨겼으면 좋을 텐데…….”

겉만이라도 사랑을 보여주지 않으면 아무래도 마음이 식을 수밖에 없다.

아니, 식는 건 둘째치고 빠져들 수가 없다.

“어쩔 수 없죠. 신데렐라가 될 꿈을 꾸는 사람이 없는 게 더 이상하지 않습니까. 반대로 알기 쉬워서 다행이죠.”

“그건, 뭐, 그렇다만.”

그렇게 말하면서도 우리 둘 모두 손은 계속 움직이고 있었다. 토르아리나도 나도 이 일을 오래 했으니 요령이 있다. 뭐…… 임시 직원 프라이세도 조금은 도움이 된다.

“뭐야, 나처럼 마왕의 아내가 돼서 단번에 상류 계급으로 올라가려는 꾀를 낸 사람이 더 있었다니…….”

'돈이 많은 녀석과 결혼하자' 정도는 꾀라고 부를 수준도 아니다.

"말이 나왔으니 묻는다만, 그렇게 권위나 재물이 갖고 싶나?"

프라이세는 신분이 높은 편이지만 이름뿐이라 사실상 서민과 다를 게 없다. 이 녀석의 가치관도 귀족이 아니라 기세 좋은 서민에 가깝다.

"그야, 동경하죠. 이래 봬도 공작가니까요! 부자와 결혼해서, 아이도 비슷한 가정의 아이들하고만 어울리게 하고, 경우에 따라선 아이를 약혼도 시켜보고 싶어요!"

욕망에 충실하군. 이 녀석은 오히려 행복할지도 모른다. 어떻게 하면 행복해질지 확실히 알고 있으니 망설임이 없어.

"그런가. 힘내라. 좋은 사람이 생기겠지."

"프라이세 씨, 마왕님께 다른 좋은 분을 소개받으리란 기대는 버리세요. 저도 소개받은 적이 없어요."

"토르아리나는 결혼할 생각이 없잖아. 입으로는 그렇게 말하지만, 진지하게 결혼할 사람을 찾는 타입이 아니란 건 이미 알고 있어. 함부로 소개했다간 원망이나 듣겠지."

토르아리나처럼 말로는 「결혼하고 싶다」라고 말은 하지만, 결국은 말뿐인 녀석이 많으니까, 잘 살펴야 한다.

늘 상대가 없다고 구시렁대도 뒤에선 솔로 라이프를 즐기고 있다.

그런 사람에게 갑작스럽게 맞선 자리를 제안하면 도리어 불평을 들을 수도 있다.

근데 프라이세는 언제까지 가슴을 들이대고 있을 셈이지? 본인도 까먹은 거 아니야?

"그보다, 마왕님은 재혼해서 의붓딸도 생겼잖아요. 다른 귀족 아이들과 만날 자리를 만들거나 하진 않는 거예요?"

프라이세가 이상한 소리를 했다.

나한테는 안젤리카가 상류 사회에서 교류한다는 이야기는 농담으로밖에 안 들리지만, 프라이세는 안젤리카의 성격을 모른다.

"인간이니까 마족 사회는 거부감이 있을 수도 있지만, 인간 나라에도 귀족이 많잖아요. 상류 사회 교류는 없어요?"

"저기, 우리 딸은 그런 사람이 아냐. 어느 쪽이냐고 한다면 숲 속에 들어가서 꽃에 있는 꿀을 빨아 먹고 웃는 게 더 어울리는 녀석이다."

"그건 그냥 어린애잖아요! 가끔 벌레가 들어가서 기가 죽는 어린애! 일부러 담벼락 위를 걸어가다가 넘어져서 다리가 부러지거나 하는 애요!"

이 녀석, 예시가 쓸데없이 구체적이다. 역시 서민이야.

"그래. 우리 딸은 그런데 아무런 관심도 없어. 애초에 모험가라 정원에서 다과회나 하는 녀석들이랑은 이야기가 통하지도 않겠지."

그런 것보다 어디의 동굴에 보물이 있다든가 하는 그런 이야기를 좋아할 거야.

"허어……. 모처럼 마왕의 딸이 되었는데, 아깝네요. 기회를 날리고 있어요."

"사람마다 가치관은 다르니까."

나는 딸이 갑자기 귀족같이 거만하게 굴며 어딘가의 아가씨 같은 소리를 하면 도리어 기분 나쁠 것 같은데. '이 녀석, 나를 이용할 생각이 가득하구나' 하는 생각이 들어서 화가 날 것 같다.

그런 의미에서, 지금의 안젤리카는 보고 있으면 마음이 놓인다.

"아! 좋은 생각이 났어요!"

프라이세가 소리를 높였다.

이 녀석, 손이 놀고 있잖아. 일하라고, 일을.

"제가 마왕님의 양녀가 되면 되는 거예요! 그럼 마왕님도 결혼하지 않아도 되고, 저는 상류 계급 아가씨가 될 수 있어요!"

"각하다."

"적어도 손은 멈추고 부정해주세요! 막 대하는 것도 정도가 있잖아요!"

"오히려 너야말로 다시 작업을 시작해라! 돈 주는 만큼은 일해!"

오후부터는 프라이세도 성실하게 일을 했으므로 일을 어느 정도 해치울 수 있었다.

그냥 얌전히 일을 해줬으면 좋겠는데, 너무 사담이 많다. 아, 하지만 침묵 속에서 펜만 움직이는 것도 문제인데. 어쩔 수 없나.

나도 오늘은 정시에 퇴근한다. 가족들과의 시간을 길게 보내고 싶다.

아직 우리 마을에는 해가 높이 떠 있었다.

마족들이 사는 땅에 문제가 있다면 대체로 하늘이 어둡다는 거다. 빛이 안 들어 우울장애 환자 비율이 높다는 이야기도 있을 정도다. 마족도 햇볕을 쬐는 게 좋다. 간혹 체질적으로 햇빛을 받으면 안 되는 녀석도 있다만.

집에 돌아왔더니 여러 여자 목소리가 들려왔다.

테이블을 보고 곧바로 알았다.

안젤리카와 같은 파티인 세레네와 나할린이 와 있었다.

음, 여자들끼리 나누는 이야기인가. 이런 것도 괜찮군.

"그래서, 그 신전에는 비밀 지하 통로가 있대."

"에이~ 누가 봐도 엉터리잖아. 나할린은 그런 걸 믿어?"

"경전에 쓰여있었어. 웃어넘길 일이 아니야."

나할린은 겉보기에는 어린아이 같아도 어엿한 신관이다. 안젤리카에게 이야기를 부정당해서 조금 발끈하는 모습은 역시 어린아이 같았지만.

"진정해. 그런 전설이 하나둘쯤 있는 게 로망이 있잖아."

세레네가 말했다.

파티 안에서 제일 어른스러운 아이로 특히 파티 내 여자아이 그룹의 리더라는 인상이 있다. 경솔하게 돌진하는 안젤리카의 고삐를 당기는 역할을 맡고 있다.

"전설이라면, 용사도 지지 않을 만큼 있지 않아?"

"태반이 말도 안 되는 소리야. 딱히 기적이 일어난 적도 없고."

"지금 용사가 마왕의 후계자가 된 게 기적 그 자체 아닌가?"

나할린이 조용히 말했지만, 그건 사실일지도 모른다.

어이쿠, 이대로 몰래 듣고 있을 수는 없지. 내 방에 들어갈까.

세레네와 나할린도 나를 알아보고 나에게 인사를 했다. 안젤리카의 아버지라는 인상이 조금은 생긴 모양이다.

——다만, 내 방에 들어왔는데도, 목소리가 들렸다.

집이 낡아서 그런 게 아니라, 마왕의 모든 스테이터스가 높은 탓이었다. 소곤소곤하면서 숨기듯이 말하지 않는 이상에야 문 하나 너머에서 이야기하는 소리 정도는 전부 들렸다.

이것 참 곤란하군. 일부러 귀를 막고 있을 수도 없고…….

"그런데~ 있잖아~, 좀 복잡한 이야기인데, 해도 돼?"

아니?! 딸 아이의 속 깊은 고민을 엿듣는 건 정말 위험한데……!

"마음대로 해라. 고민을 듣는 것도 신관이 할 일."

"같은 파티인걸. 비밀로 하지 말고 이야기해 줘."

"음, 그냥 기분 탓일지도 모르는데, 왠지 전보다 너희 둘이랑 이야기가 잘 통한다고나 할까? 모험가의 이야기 이외에도 여러 이야기를 할 수 있게 된 것 같아."

"과연. 짚이는 바가 있어."

"정말? 그렇게 말해 주니 기뻐."

뭐야, 정말 좋은 이야기잖아.

안젤리카는 두 명과의 사이에 우정을 느끼는 모양이었다.

"그런데…… 그……."

거기서 안젤리카의 목소리 톤이 바뀌었다.

그건 말하기 힘든 말을 할 것이라는 징조였다.

"젠케이나 자우니스와는 전과 비교해서 말이 안 통한다고 할까……. 뭔가가 다르다고 할까……."

젠케이는 여자처럼 생긴 남자 무도가다. 한 번, 안젤리카에게 고백했다가 차인 적이 있다.

자우니스는 가벼워 보이는 남자지만, 의외로 성실한 녀석이다.

그런데 그 둘과 말이 안 통한다는 게 무슨 소리지?

젠케이 쪽은 한 번 고백을 찬 이력이 있으니 삐걱댄다 해도 이상하지는 않지만.

"그건 두 사람이 남자라서 그런 게 아닐까? 여자랑 가치관이 달라도 이상하지 않은걸."

"뭐, 젠케이는 여자의 가치관을 가진 것 같지만."

확실히 젠케이는 어느 쪽인지 판단하기가 어렵지……. 하지만 그런 여자 같은 남자가 제일 위험한 놈일지도 모른다.

"남녀 간의 차이라는 게 있는 거다. 네가 안 맞는다고 생각해도 이상한 게 아니야. 너무 신경 쓸 필요 없어."

세레나와 나할린이 같은 의견을 내놓았다.

나도 그 의견에 동의한다. 오히려 지금까지 용사라는 칭호 아래 너무 씩씩하게 지내왔다.

딱히 안젤리카가 정숙해진 건 아니지만, 남녀 차이를 실감한 모양이다.

"아니, 그런 이야기가 아니야. 그……."

아무래도 남녀의 차이 이야기를 하려는 게 아니었나 보다.

"이런 소릴 하는 게 실례인 건 알지만, 요즘 던전에 같이 갈 때마다 느끼는 건데……. 젠케이도 자우니스도 별로 똑똑하지 않은 것 같아."

얼굴이 보이는 건 아니었지만, 상당히 망설이면서 말하고 있다는 걸 알 수 있었다.

아니, 오히려 목소리밖에 안 들려서 더욱더 그렇게 느껴졌다.

"이상하지? 나도 오랫동안 마법 공부를 해 온 세레네나 경전을 잔뜩 읽은 나할린과 비교하면 바보인데 말이야. 겨우 기초적인 마법 몇 개를 외워서 억지로 용사가 됐잖아. 근데, 요새 갑자기 젠케이와 자우니스가 말하는 게 약간 수준이 떨어지는 것 같다고 할까, 벽이 있는 것 같아……."

나는 침을 꿀꺽 삼켰다.

이거, 생각보다 심오한 고민일지도 모르겠군…….

"응……? 안젤리카, 갑자기 무슨 소릴 하는 거야. 그 둘은 바보가 아니야. 지금까지 멀쩡하게 파티로 활동한 것만 봐도 알잖아."

"으음. 그런 마음의 번뇌는 자주 생기는 일. 언젠가 사라지겠지……."

나는 두 사람의 목소리에서 당혹감을 느꼈다.

그리고 나는 이렇게 된 원인이 뭔지 확신했다.

안젤리카가 공부해서 똑똑해졌기 때문이다!

안젤리카가 똑똑해지면서 교양이 있는 세레네나 나할린과 말이 통하기 시작한 거다!

정신을 차리고 보니, 나는 문에 귀를 대고 있었다.

이러지 않아도 잘 들리지만, 대화에 너무 집중하고 있던 나머지 나도 모르게 이러고 있었던 모양이다. 물론, 이러고 있으면 약간 더 잘 들리긴 한다만.

"그, 다소 거만하게 들릴 수도 있다만……."

나할린이 입을 열었다.

"……요즘 부쩍 안젤리카가 똑똑해지긴 했어."

그렇지!

이전에 세레네와 나할린이 공부를 가르친 데다 최근에 고대 마족어 공부도 했다.

뇌까지 근육이었던 시절과는 전혀 다르다.

"실은 나도 같은 걸 느끼고 있었어. 어려운 표현을 전보다 많이 쓰고 있는걸. 옛날에는 지휘할 때도 『확 해치워버려』나 『거기서 쭉 달려서, 뒤에서 확 끝내버려』 하는 식이었는데."

그런 식으로 싸워서 용케도 내가 있는 곳까지 왔구나.

"요전에 간 동굴에서도 『거기서는 자연스럽게 현학적으로, 어딘지 모르게 고답적(高踏的)으로 싸워』라든가 『금성탕지의 난관을 개수일촉해서 돌파할 생각으로 덤벼』라고 말했고."

어휘력은 증가했다만, 무슨 말인지 모르겠는데.

그냥 '현학적'이나 '고답적'이란 단어를 쓰고 싶었던 것뿐이겠지. 배운 말을 써 보고 싶어 하는 어린애잖아.

"으음, 지휘를 알아듣기는 더 힘들어졌지만, 표현력은 늘었군."

나할린, 그건 칭찬할 부분이 아니다. 도리어 모험가로서는 나빠졌어!

"그렇다니까. 전에는 나이 차이가 크게 나는 여동생과 이야기하는 느낌이었는데, 갑자기 어른스러워졌어. 우리가 붙잡고 가르친 효과가 나오는 걸까?"

그래, 그 영향이 컸던 것 같군.

그래서 안젤리카의 지성에도 변화가 생겼을 가능성이 크다.

"그렇구나. 그런 건 스스로는 잘 모르니까. 나로서는 분골쇄신, 일의전심(一意專心), 철두철미하게 용사의 임무를 완수하고, 검도 좀 더 전광석화의 속도를 내고 싶어."

단어가 난무하는군.

그보다, 일상에서 그렇게 딱딱하게 말하는 사람이 어디 있어. 친구 앞이라고 무리하지 마라…….

"크흠…… 지금의 안젤리카도 꽤 문제지만……."

역시 세레네도 그 점을 지적했다.

말을 계속 저러고 하면 듣는 사람도 성가실 거다.

"하지만 젠케이나 자우니스와 이야기할 때 벽이 느껴진다는 거, 실은 나도 알 것 같아. 과거에 몇 번인가 그런 적이 있었어……."

음? 세레네도 벽을 느낀다고……?

"실은 소승도 몇 번인가……. 신을 따르는 자로서 타인을 경시하는 건 좋지 않지만……."

나할린도 있다고?

어쩐지 이야기 흐름이 이상해졌다.

"아니, 그…… 젠케이는 무도가고, 자우니스는 도적이잖아? 학문적인 지식이 아니라 현장의 경험이라고 할까, 언어화하기 힘든 지식을 사용하는 직업이지."

세레네의 의견에는 나도 동의한다.

같은 모험가라도 역할에 따라 필요한 지식이 다르다.

"아마 벽을 느끼는 것도 그래서일 거야. 어쩔 수 없어."

그래, 이걸로 이 이야기도 무사히 끝나겠군.

"그렇긴 한데, 그 둘, 역시 바보 아냐……?"

안젤리카, 이야기를 되돌리지 마라!

"전에 자우니스와 같이 길드에 가서 게시판을 본 적이 있는데, 거기 붙은 종이에 쓰인 글자를 못 읽었었어……. 거기까지 가면 생활에 지장이 있잖아……."

"……하긴, 그건 좀……."

"소승도 자우니스와 젠케이한테는 면학을 추천했지만, 듣질 않았지."

아아…….

뭔가 거대한 바위가 비탈길에 접어들어 굴러가는 모습이 머릿속에 떠올랐다.

이후로는 여자 셋이서 파티원들을 계속 디스했다.

아니 디스라고 할 정도는 아닌가. 딱히 인격을 비판하는 건 아니니까.

성에 근무하는 여마족들 중에서도 「정말, 우리 부서 남자들은 왜 이렇게 어린애 같을까?」라는 식으로 이야기할 때가 있는데, 그거에 가깝다. 아마 세상의 남편들도 모르는 사이에 아내들끼리 모여서 나누는 이야기에서 그런 소릴 듣고 있을 거다.

반은 체념에 가까운 가벼운 욕이다. 원망하는 것도 아니고, 헤어지자는 것도 아니다.

다만, 모험가 파티 안에서 이런 이야기가 나오는 건 거의 본 적이 없었다.

"우리 파티 남자들도 배려가 없어. 잠깐 화장실 가는 사이에 자꾸 자기들끼리 앞으로 가고."

"그럴 때 보면 역시 젠케이도 남자란 말이지."

"자우니스는 한 번 우리가 씻는 걸 엿보려 한 적이 있었지. 소승이 막았지만."

"뭐?! 진짜야?!"

"도를 좀 넘었는데."

실패해서 다행이군, 자우니스. 엿봤으면 내가 처리해야 할 뻔했다.

그렇다고 해도, 설마 이렇게까지 훌륭한 여성 모임이 되다니…….

여자의 무서움을 희미하게 느꼈다.

레이티아 씨도 마을 주부들과 모이면 이런 이야기를 할까?

아니, 아니, 레이티아 씨는 그러지 않을 거다. 난 딱히 노인 냄새가 나는 것도 아니고…….

그때, 갑자기 문이 휙 하고 열렸다. 문에 기대고 있던 터라 넘어질 뻔했다.

고개를 드니 레이티아 씨가 문 너머에 있었다.

호랑이도 제 말하면 온다더니?! 아니, 말을 꺼낸 건 아닌데!

"어머, 문에 기대고 계셨나요? 피곤하신가요?"

"괜찮습니다……. 피곤한 것도 아니에요. 우연히, 문을 여는 타이밍이 겹쳐서 밸런스가 무너진 것뿐입니다."

그래, 레이티아 씨는 여느 때와 같았다. 분명히 어딜 가도 이런 차분한 분위기겠지.

"이제 세레네 씨, 나할린 씨와 같이 밥을 먹을 생각인데, 어때요?"

"아아, 그거 좋은 생각이네요! 같이 먹고 싶습니다!"

엿들은 건 들키지 않은 모양이다. 다행이다.

저녁 식사 중에는 과연 파티의 남자들을 욕하지 않았기 때문에 안심했다.

그 남자들을 동정할 필요는 없지만, 같은 남자로서 불쌍했으니까.

그 둘은 무도가와 도적이니까 지식을 비교하면 파티 여자들에게 질 수밖에 없다. 둘 다 어느 정도 공부는 해 두는 게 좋다. 너무 극단적인 지식은 실용적이지 않지만, 초보적인 범위라면 공부는 피와 살이 될 테니.

아, 아니다. 그 두 명이 너무 똑똑해지면 안젤리카가 반할 위험이 있다.

지금 안젤리카는 파티 내 남자들이 바보라고 생각할 테니, 연애 대상으로 보질 않을 거다. 그냥 계속 멍청하게 있어 주렴.

저녁 식사 때도 그 셋은 이야기를 나눴지만, 아까 같은 분위기는 아니었다.

"마왕님, 의붓딸 안젤리카에게 하는 자상한 배려, 신관으로서도 훌륭하다고 생각한다."

"저도 마왕 씨를 보고 있으면, 이 집도 안심이구나, 싶어요."

나할린도 세레네도 나를 칭찬해줬다. 겉치레인 건 알지만 고마웠다.

"이 마왕을 칭찬한다고 해도 아무것도 안 나와. 마왕은 마왕이니까."

안젤리카는 내가 좋은 평가를 받으면 그걸 낮추려고 한다. 이건 용사의 본능이겠지.

"그런 마왕한테서 폭발 마법을 배운 게 어디의 누구였지?"

"게다가, 너는 다음 마왕이 될지도 모르는 존재."

두 사람에게 몰매 맞은 안젤리카가 「으으으……」 하는 표정을 지었다.

저런 성격은 별로 변하지 않았다. 뭐, 똑똑해졌다고는 해도 아직 겉핥기지, 내면은 여전하다.

하지만 결과적으로 이 셋의 대화는 막힘이 없었다.

아마, 세레네와 나할린이 꺼내는 지적인 화제에도 끼어들 수 있게 돼서겠지.

“후후후, 딸이 늘어난 것 같아~.”

레이티아 씨도 매우 즐거워 보였다.

“갈트 씨, 두 사람을 좀 데려다주시겠어요?”

“네, 물론이죠. 공간 전이 마법을 쓰면 금방이니까요.”

두 사람도 나에게 인사했다.

“마왕도 이럴 땐 도움이 되네.”

“너는 좀 더 감사해라.”

“감사는…… 하고 있는데…….”

안젤리카가 눈을 살짝 피하면서 말했다. 이건 최고의 찬사 아닐까.

“어머, 어머. 안젤리카도 갈트 씨의 좋은 점을 알게 됐구나~.”

레이티아 씨가 그런 소리를 하자 안젤리카가 곧바로 항의했지만, 별로 효과는 없었다.

아버지의 명리를 다한 하루구나!

그 후, 약속대로 공간 전이 마법으로 안젤리카의 친구 두 명을 집에 데려다줬다.

데려다줬다고 해도 공간 마법이니 바로 끝났지만.

“앞으로도 안젤리카를 잘 부탁한다. 그 녀석은 곧바로 우쭐거리니까 그럴 일이 있으면 확실히 꾸짖어 줘.”

“그렇게 걱정하실 필요 없어요.”

“잘못된 길을 가려는 사람을 멈추는 건 종교인으로서 당연한 역할. 그런 말을 할 필요는 없다.”

두 사람으로부터 신뢰할 수 있는 대답이 되돌아왔다.

너는 좋은 파티라기보다 좋은 친구가 있구나.

그런 친구를 모았다는 건, 네가 좋은 용사라는 증거겠지. 그건 자랑스러워해도 좋다.

◇

그 뒤로도 세 명의 교류는 더욱더 깊어졌다.

그다음 주에는 파자마 파티를 했다.

안젤리카의 파자마 차림은 자주 봐서 익숙했지만, 세레네가 네글리제라고 하던가, 살짝 비쳐 보이는 옷을 입고 있어서 놀랐다.

그런데 하필이면 그 세레네와 목욕하러 갈 때 우연히 마주치고 말았다.

“?! 이런, 실례!”

“아뇨, 저도 부주의했어요. 신경 쓰지 말아 주세요.”

역시, 성격이 어른스러운 만큼 잠옷도 요염했다. 안젤리카도 5년쯤 뒤에는 이런 걸 입는 건가?

“잠깐! 마왕! 세레네를 이상한 눈으로 보지 마!”

"이상한 눈으로 본 적 없다. 그건 트집이다."

그리고, 나할린은 고양이 인형 옷같이 생긴 파자마였다. 신관다운 옷인지는 불명이지만.

"냉큼 욕실에 갔다 와! 마왕은 마지막이니까 3시간이든 4시간이든 마음대로 해!"

"그렇게 오래 있으면 몸이 식는다!"

"알겠어? 내 방에는 절대로 들어오지 마. 신성한 용사 파티의 파자마 파티니까! 마왕은 출입 금지야!"

마왕이 아니라도 남자는 금지겠지.

"방금, 용사 파티랑 파자마 파티를 붙여서 말한 거냐?"

우연히 개그처럼 된 걸 알아챘는지, 안젤리카의 얼굴이 붉어졌다.

"하나하나, 쓸데없는 소리 하지 말고! 자, 욕실에 들어가!"

나는 쫓기듯 탈의실로 갔다.

여자 용사라는 특이한 인생을 보낸 안젤리카가 이제는 파자마 파티인가.

"착실한 여자아이로 자라고 있구나."

입욕 중에는 아무래도 혼잣말이 많아지곤 했다.

혹시 이것도 내가 레이티아 씨와 결혼한 효과라고 할 수 있을까?

내가 마왕으로 군림하고 있으면, 안젤리카도 용사로서 싸울 수밖에 없으니까. 아니, 지금도 마왕으로서 군림하고는 있지만.

그 녀석을 후계자로 삼은 내가 이런 생각을 하는 건 너무 제멋대로인지도 모르겠지만—— 극히 평범하고 행복하게 생활했으면 좋겠다.

좋아하는 일을 하고, 사이 좋은 친구와 같이 웃고, 오늘도 즐거운 하루였다고 생각하면서 살았으면 좋겠다. 용사나 마왕으로서 대단한 일을 하지 않아도 된다. 타인이 보기에 평범한 인생이라도 괜찮다.

딸의 불행은 부모의 불행이다.

"이것 참, 요즘은 계속 안젤리카 생각만 하는구나. 시간만 따지면 레이티아 씨보다 길지도 모르겠군……."

어떻게 보면 그건 레이티아 씨와의 사이에 아무런 문제도 없기 때문이지만.

나도 부모 노릇을 하면서 딸 생각을 하게 된 걸지도.

◇

파자마 파티도 무사히 끝나고 (무사하지 않은 파자마 파티가 있는지 모르겠지만), 안젤리카는 다시 던전을 탐색하거나, 검 연습을 하는 모험가다운 생활로 다시 돌아왔다.

모험가라는 직업상, 난도가 높은 던전으로 향할 때는 걱정이 되었지만, 용사는 모험가 중에서도 프로라 할 수 있으니, 너무 걱정을 많이 하는 건 도리어 실례일지도 모른다.

게다가 파자마 파티를 할 정도로 사이좋은 친구가 위험에 빠질 정도로 무리하게 탐색을 하지는 않겠지.

인간 중에는 자신의 생명을 경시하는 사람도 있지만, 그런 녀석도 소중한 친구가 주위에 있다면, 그렇게 무리하지는 않는다.

나도 큰일은 없겠지 하고 마음을 놓고 있었는데——

"저기, 마왕, 잠깐만. 나중에 나랑 대화 좀 하자."

밤에 검 특훈을 하던 도중, 안젤리카가 그런 말을 꺼냈다.

"움직임이 산만하기에 탐색에서 무슨 일이 있었다는 건 금방 알았다만, 그런 상태로 던전에 들어가면 다친다."

검은 한순간의 틈이 승부를 가른다. 다른 일에 정신을 빼앗기고 있다면 실력 차가 많이 나는 게 아닌 이상 곧바로 알 수 있다.

"이런 상태로 연습을 계속해봐야 무의미하겠군. 이야기를 들어줄 테니 들어가자."

"그럼, 마왕의 방으로 가자……. 엄마가 듣지 않았으면 좋겠어……."

내 방에 들어온다니, 얼마 전까지는 상상도 못 하던 말이었다.

상당히 큰일이 있었던 것 같군. 명심하고 들어야겠어.

"사실은, 파티 안에서 싸움이 있었어."

"그런 것 같더군."

솔직하게 말했더니, 안젤리카가 나를 노려봤다.

"어떻게 알고 있는 거야!"

"그냥 인생 경험에서 비롯한 추측이다."

덧붙여서 말하면 나는 내 의자에, 안젤리카는 내 침대에 앉아서 마주 보고 앉아 있었다. 응접실이 아니니까, 의자가 하나밖에 없었다.

"여자 셋이서 너무 뭉치면, 가까워진 만큼 작은 일로 옥신각신할 때도 있지."

뭐, 아무리 그래도 그 파티 안에서 남자 문제로 싸울 가능성은 없겠지만, 다른 파티 남자를 누군가가 좋아하게 되어, 세 명의 관계성이 이상해질 수는 있다.

무엇보다, 안젤리카에게 좋아하는 사람이 생겼다, 같은 이야기가 나올 걱정은 처음부터 하지도 않았다.

같이 사는 데다 검 특훈에, 마법 특훈까지 하고 있다. 마음속에 그런 상대가 있다면 분명 태도로 나타나 금방 알았을 거다.

"아니, 세레네나 나할린과는 아무 문제도 없어. 파자마 파티를 한 번 더 하자고 약속했을 정도야."

어라?

내가 생각하던 문제가 아니었나?

"그럼, 네 인간관계에서 이상해질 만한 요소가 없는데?"

"실은 그 파자마 파티가 싸움의 발단이야……."

아무래도 이야기를 더 자세히 들어봐야 할 것 같다. 파자마 무늬로 싸운 건가?

"셋이서 저번에 한 파자마 파티 이야기를 하고 있자니, 젠케이가 와서 자기도 끼워달라고 하더라고. 하지만 아무리 여자아이 같아도 젠케이는 남자니까 안 된다고 했는데…….”

이야기가 갑자기 이상한 곳으로 번졌어!

하지만 젠케이는 거절당해도 할 말이 없다.

그 녀석은 안젤리카에게 고백한 적이 있다. 그건 즉, 겉모습이 여자아이 같아도 결국은 여자애를 좋아하는 사내놈이란 뜻이다.

남자는 금지인 파자마 파티에 끼워 줄 리가 없다.

“그랬더니 젠케이가 화를 냈어. 다섯 명이 한 파티인데 그걸 잊은 거 아니냐고. 그러자 나할린이 너도 지금 자니우스를 버리려 하고 있지 않냐고 논파를 해버렸지.”

“나할린, 침착하게 대처했구나…….”

애초에 ‘우리는 다섯 명이 한 파티’라는 이야기는 논점이 어긋나 있다만.

“그걸 듣고 자우니스가 와서, 자기도 요즘 파티가 여자 셋과 남자 둘로 분열된 것 같다고 말했는데, 젠케이가 그걸 듣더니, 남자 둘을 한 그룹처럼 묶지 말라고 자우니스한테 불평했어…….”

맙소사. 설마 했던 3:1:1 대립이냐!

“나도 화가 나서 남자들이 덜렁대는 점을 불평했고, 나중에는 수습할 수 없는 사태까지 가서…… 결국은 그렇게 세 그룹으로 분열해버렸어…….”

이런 폐해가 있을 줄은…….

나는 고개를 들고 하늘을 쳐다봤다. 정확히는 실내니까 하늘이 아니라 천장이지만.

안젤리카가 교육을 받고 영리해지면서 여자 그룹과 전보다 사이가 좋아졌다. 그건 정말 좋은 일이다.

하지만 설마 그게 원인이 돼서 파티의 균형이 무너질 줄은 상상도 못 했다.

이전의 안젤리카는 행동 양식이 좀 잡스럽다고 할까, 여자답지 않은 부분이 있었다. 다만 여자는 여자니까, 세레네나 나할린과 충돌할 일은 없었고, 남자 둘과도 대립하지 않아 딱 좋은 균형을 유지하고 있었다.

그런데 안젤리카가 똑똑해지면서 여자 셋이 한 그룹이 되어버렸고, 파티 내 과반수 세력이 되었다.

안젤리카가 붙잡고 있던 파티 내 균형이 깨져버린 것이다.

그리고 결국엔 파국…….

큭! 나는 안젤리카를 얕잡아보고 있었다. 그저 뇌까지 근육인 용사라고 생각하고 있었다.

그런데 오히려 그게 이리도 중요한 역할을 쥐고 있었을 줄이야.

뇌까지 근육인 용사지만 여자였기에 그 파티의 구심점 역할을 할 수 있었다.

딸에게 학문을 가르치는 게 옳은 줄만 알고 아무런 의심도 하지 않았다. 물론 지금도 그게 잘못된 선택이었다고는 생각하지는 않지만, 그로 인해서 인간관계에 문제가 생길 줄은 미처 몰랐다.

"저기, 마왕…… 나 어떡해야 하지……?"

가볍게 뱉은 추상적인 질문이었지만, 오히려 그렇기에 안젤리카가 고민하는 게 전해졌다.
어떻게 해야 하지? 정말 괴로워하고 있는데.
나는 무심코 손을 꽉 쥐었다.
아마 바위가 손에 있었다면 부서졌을 거다.
이것은 부모로서의 내 진가를 시험받는 순간이었다.
다만——
어떻게 대답해야 할지를 모르겠군.
애초에 이런 문제에 정답이 있을까?
인간관계는 같은 상황이라도 여기서는 괜찮아 보였던 게 다른 곳에서는 문제로 보일 때가 있다. 그 왜, 똑같이 꾸짖어도 나중에 감사할 때도 있고, 원망을 받을 때도 있지 않은가.
그렇다고 여기서 아무 말도 하지 않는 건 그냥 도망이다. 부모가 아니더라도 어른으로서 할 일이 아니다. 그것만은 피해야 한다.
"마왕, 입 다물고 있지 말고 무슨 말이라도 해봐……."
잠시 골똘히 생각하고 있자니, 안젤리카가 재촉했다.
안젤리카의 눈에는 눈물이 맺혀 있었다.
상당히 불안한가 보군.
다른 사람을 믿지 못하는 건 적의가 아니다. 오히려 그런 기분을 품어 안젤리카도 괴로워하고 있다.
그러나 이런 문제는 정답이 존재하지 않는다. 사람이 엮인 문제

이기도 하고, 안젤리카가 내가 한 말을 그대로 믿는 게 옳은 건지도 알 수 없다. 만약 그렇게 되면 자주성은 어떻게 된단 말인가.

나로서는 남자들을 파티에서 내보내고 여자들로만 파티를 짰으면 좋겠다.

남자가 가까이 있으면 안심할 수가 없으니. 다섯 명 모두 여자인 파티라도 만들면 말썽이 생길 일도 없다. 그리고 전부 여성 모임에 참여할 수 있다.

하지만 그건 내 소망일 뿐이다.

내 소망을 딸에게 강요해선 안 된다. 부모가 가장 해서는 안 되는 행동이다.

"안젤리카. 우선 너는 어떻게 하고 싶어? 나는 그 이야기는 전혀 못 들었는데."

질문에 질문으로 답하게 됐지만, 시간은 벌었다.

게다가 여자는 충고를 원하는 게 아니라 자신을 긍정해주길 원한다고들 한다. 안젤리카도 즉물적인 공략법을 찾고 있는 건 아닐 거다.

"그걸 나도 잘 모르겠으니까, 마왕한테 묻는 거잖아."

응?! 거기부터?!

생각 이상으로 마음이 정리가 안 됐구나.

우선 마음을 안정시키는 게 우선이라는 생각이 들었다.

"안젤리카, 지금 너는 일종의 공황 상태다. 그런 상태로는 좋은 생각이 떠오를 리가 없지. 거기서 제안이다만……."

조금 얼빠진 소리를 해서 분위기를 바꾸는 게 나을지도 모르겠군.

"……침대에 들어가서 푹 자라!"

"응? 침대? 여기?"

큰일 났다! 안젤리카는 내 침대 위에 앉아 있었다!

추잡한 의미로 착각할 우려가 있다! 딸에게 그런 소릴 할 리가 없지.

"아니, 아냐! 네 방에 가서 자라. 일단 머리를 맑게 하라는 말이다!"

"아, 그래, 그래야겠어. 응, 그래……."

분위기가 이상해졌군. 일단 어두운 분위기는 사라졌지만, 내가 의도와는 조금 어긋났다…….

"나는 아직 네가 답을 내야 할 때가 아니라고 말하고 싶은 거다! 그러니 일단 시간을 둬라! 지금의 너는 정신 착란 마법에 당한 거나 마찬가지다. 적을 공격하려 했다간 아군을 공격하게 될 수도 있다."

그러자 안젤리카는 부루퉁한 표정을 지었다.

"그런 건 나도 알고 있어. 그래서 마왕한테 적절한 충고를 해달라고 한 거잖아……."

그리고는 그대로 침대에 눕더니 나를 쳐다봤다.

이 녀석, 곤란하게 만드는 것도 적당히 해야지…….

"인생 경험도 길고, 정치 경험도 있으니 좋은 대답을 줄 수 있을지도 모른다고 생각했는데, 의외로 평범한 말밖에 없네."

갑자기 열이 올랐다.

네가 무슨 조언을 바라는지도 모르는데 적절한 의견을 말할 수 있겠냐! 성공 조건 불명인 길드 의뢰나 마찬가지라고. 전지전능한 신이나 그 답을 알겠지!

귀찮은 여자친구가 남자친구에 할 법한 질문이잖아. 그런 건 남자친구에게 해! 부모에게 하지 말라고.

……아니, 이 녀석은 남자친구를 만들기에는 아직 정신 연령이 부족해서 위험하다. 역시 남자친구에게 하지 마라.

대개 여자가 남자보다 정신 연령이 높다는 인식이 있다만, 안젤리카는 그렇지 않을 거다.

하지만 멋대로 나에게 실망하는 꼴을 보고만 있을 수는 없지. 우선 이것부터 해결할까.

"안젤리카, 너는 용사지?"

"당연하잖아. 천하무쌍의 용사야."

천하무쌍이라기엔 부끄러운 상황이다만.

"그 용사가 공황에 빠져서 어떤 결론도 내지 못하는 건 한심하다고 생각하지 않나? 적어도 리더에 어울리지는 않지."

안젤리카가 눈을 크게 떴다.

마음속에 짚이는 바가 있나 보군.

겨우, 자기가 꼴사납다는 걸 알았나.

"어쩔 수 없잖아……. 이런 일은 처음이라고. 이야기 정도는 들어줄 수도 있잖아."

"너는 내게 이야기를 들어달라고 한 게 아니라, 좋은 답을 내달라고 했다. 그게 무슨 의미인지 알겠어? 마왕에게 모든 걸 맡기려 한 거다."

또 안젤리카가 눈을 크게 떴다.

아무래도 상관없지만, 이 녀석, 눈의 크기가 자주 바뀌는구나. 화장에 따라서 완전히 인상이 바뀔 것 같은데.

"적어도 건설적인 이야기를 나눌 수 있을 때까지 머리를 식히는 게 낫지 않겠니?"

안젤리카가 침대에서 일어났다.

"알았어. 오늘은 일어날게. 냉큼 자고 내일 생각해야지……."

"그래, 그렇게 하려무나."

문 앞에서 안젤리카가 한 번 멈춰 섰다.

뭐지, 실수한 걸 사과하려는 건가? 아니면 감사 인사인가?

"마왕, 침대에서 할아버지 냄새가 날 줄 알았는데, 의외로 멀쩡하네. 인간이 아니라서 그런가?"

"아무리 부모라지만 이럴 때는 고맙다고 말해라!"

도대체가, 나는 진지하게 생각했는데, 너는 그런 쓸데없는 생각을 하고 있었던 거냐!

"어라? 이건 칭찬한 건데?"

"마이너스 요소가 없는 건 칭찬이라고 안 한다!"

다음 날 아침, 나는 평소보다 조금 일찍 일어났다.

오늘은 내가 식사 당번이다. 가사도 어느 정도는 돕는 게 내 방침이다.

물론 가장 큰 이유는 레이티아 씨를 위해서지만, 안젤리카가 나를 부모로서 인정하게 하려는 의도도 있다. 부모는 아이의 요리를 만드는 존재니까.

그런데 주방에 나와보니, 베이컨을 굽는 냄새가…… 아니, 약간 탄 냄새가 느껴졌다.

순간, 레이티아 씨가 먼저 일어났나? 했지만, 부엌에 있는 건 안젤리카였다.

"아, 마왕. 일어났어?"

조금 난처하다는 듯이 안젤리카가 바로 눈을 피했다.

"왜 네가 아침을 만들고 있어? 상관은 없지만."

"어제 생각을 정리하려고 평소보다 일찍 잤더니 좀 일찍 일어났는데 왠지 초조해서. 요리라도 할까 하고."

안젤리카가 얼굴을 붉혔다. 아마, 어젯밤의 고민 상담(정확히는 답을 알려달라고 떼를 썼던 모습)이 떠오른 모양이다.

"어제는 미안했어, 마왕……. 내가 냉정하질 못했어."

"어느 정도 마음이 정리된 모양이구나. 곧장 바로 앞에 새로운 문제가 생기긴 했지만."

"무슨 문제?"

"베이컨이 탔다."

"아!"

안젤리카가 당황해서 불을 껐다. 덧붙여 말하면 화염 마법으로 요리하고 있었다.

"뭐, 아까우니 마왕이 먹어."

"아버지를 싫어하는 건 넘어갈 수 있다만, 소홀히 대하지는 마라."

탄 걸 먹으면 건강에 나쁘잖아. 그야 뭐, 마왕에겐 큰 영향은 없지만.

레이티아 씨가 일어나기 전에 잠깐 이야기라도 나눌까.

나는 컵에 마실 물을 따르며 안젤리카에게 말했다.

"자신이 좋은 판단을 내릴 수 없을 때, 다른 이의 충고를 듣는다는 발상 자체는 나쁘지 않았다. 혼란스러운 채로 결정하는 것보다는 현명한 대처지. 계속 그렇게 신중하게 해나가라."

"응. 파티의 미래를 좌우하는 큰 문제니까. 좀 더 시간을 들여서 정할게."

"그래, 그래. 그리고 그런 문제는 파티원들하고 같이 이야기하면서 결론을 내는 게 좋다. 나도 언제든 이야기 정도는 들어주마."

"알았다니까. 이제, 어제 같은 일은 없을 거야. 그런데, 마왕, 거의 다 탄 베이컨이랑 적당히 탄 베이컨 중에, 어떤 걸 먹을래?"

거의 다 탄 쪽은 정체를 알 수 없는 무언가가 되어 있었다.

"……적당히 탄 거로 줘."

◇

그날 밤부터 안젤리카는 다시 특훈을 재개했다.

적어도 표면상으로는 평소대로 돌아왔다.

아직 검에서 마음의 혼란이 보였지만, 하루아침에 어쩔 수 있는 문제가 아니었다.

——그리고 또 3일 뒤.

밤의 특훈이 끝났을 때였다.

"마왕, 오늘 파티원들끼리 이야기해 봤어."

"그래?"

안젤리카의 표정이 생각보다 가벼웠기에, 잘 풀렸다는 걸 예상할 수 있었다.

"서로 사과하고 앞으로도 계속 함께하기로 했어. 적어도 분열은 피했다고 생각해."

안젤리카가 부끄러워하면서 말했다.

"다행이구나."

내 대답은 이걸로 충분할 거다. 세세한 평가를 해 달라는 것도 아닐 테니.

"아직 응어리는 남았지만, 지금 파티를 해산하는 건 좋지 않다는 데에 모두 동의했어. 서두르는 건 좋지 않으니까."

"그렇지. 해결 불가능한 문제가 아니라면, 보류해두는 것도 좋은 수다."

안젤리카 파티가 후에 어떻게 될지는 정말 모른다.

뭐, 다감한 나이대 아이들이니 옥신각신하는 게 자연스럽겠지. 탈퇴, 가입, 해산 등 여러 일이 생긴다고 해도 이상할 거 없다.

하지만, 그것 또한 경험이다.

실패하더라도, 좌절하더라도 괜찮다. 치명적인 문제가 아니라면 언젠가 그 실패나 좌절을 약으로 삼고 성공으로 이끌어갈 수 있다.

뭐, 직접 말하면 잔소리가 될 테니 말할 수는 없겠지만.

"마왕, 고마워."

"어디까지가 본심인지는 모르겠지만, 받아 두마."

안젤리카가 오른손을 내밀길래――

나도 손을 뻗어서 하이파이브를 짝 쳤다.

◇

조금 늦은 밤, 주방에서 포도주를 홀짝거리고 있었다.

좋은 일이 있었던 날을 길게 즐기고 싶었기 때문이다.

그때 레이티아 씨가 들어왔다.

"저도 같이 마셔도 될까요~?"

레이티아 씨가 잔을 들고 있었다.

"네, 물론이죠. 환영합니다."

나는 바로 그 잔에 포도주를 따랐다.

"그 아이 때문에 고생하셨죠?"

레이티아 씨가 쿡쿡 웃었다. 안젤리카도 별로 본 적이 없을 어머니다운 표정이었다.

인제나처럼 느긋한 표정이 아니었다.

"아니요, 이것도 아버지의 역할이니까요. 오히려 저런 말괄량이를 혼자 기른 레이티아 씨가 대단하게 느껴집니다."

솔직히 말하면 마왕 일보다 어려운 것 같다. 사무같이 딱딱한 일은 정답이 명확할 때가 많지만, 육아는 정답이 없으니까.

"아니, 그렇지도 않아요~."

레이티아 씨는 그렇게 말했지만, 그 말을 곧이곧대로 믿어도 될지 모르겠군.

"그 아이는 제게 부담을 주지 않으려고 늘 씩씩하게 행동했거든요. 그래서 우는소리를 한 적이 거의 없었어요~."

나는 "아!" 하는 소리를 냈다.

그런가, 안젤리카는 안젤리카 나름대로 레이티아 씨를 생각했다.

편부모 가정이 힘든 건 부모만이 아니다. 아이도 마찬가지다.

"그런 안젤리카가 먼저 상담 이야기를 꺼냈다는 건, 당신에게는 응석 부려도 괜찮다고 생각했다는 의미에요. 앞으로도 응석 부릴지 모르니 각오하세요~."

레이티아 씨가 내 책임이 중대하다는 이야기를 전했다. 그 녀석, 분명 또래 중에서도 손을 많이 타는 편일 테고…….

하지만 아이가 부모에게 응석 부리는 것도 마냥 나쁘지만은 않다.

아이가 부모를 전혀 의지하려 들지 않으면 도리어 쓸쓸할 테니까.

"네, 노력하겠습니다……. 아버지니까요……."

"앞으로도 함께 노력해요~."

나는 레이티아 씨가 내민 잔에 내 잔을 쨍하고 부딪혔다.

"그리고, 당신이 힘들어지면 저에게 응석 부리세요."

요염한 입술에 레이티아 씨가 검지를 올렸다.

솔직히, 심장에 나쁠 정도로 요염했다.

안젤리카가 없으면 레이티아 씨는 갑자기 그런 일면을 보일 때가 있다.

"아, 네…… 잘 부탁드립니다……."

나는 쩔쩔매면서 그렇게 말할 수밖에 없었다.

"마왕님, 피곤하시죠~?"

프라이세가 명백히 꿍꿍이가 있는 질문을 꺼냈다.

"뭐, 좀 피곤하군."

실은 이 뒤에 '하지만 집에 돌아가서 아내의 미소를 보면, 그 피로도 날아간다'라는 문장이 숨어있지만, 그건 너무 신혼부부 같으니 말하지 않았다.

"어머, 어머, 큰일이네요! 사실 제가 지압을 잘하거든요! 두 시간 정도 유급 휴가를 써서 숙직실로 와 주세요. 천천히, 끈적하게, 지압해드릴게요!"

"지압에 왜 '끈적하게'라는 표현이 나오는 건데? 녹은 슬라임이라도 쓰는 거냐?"

"안심하세요. 벽지의 얼룩을 세는 동안 끝날 테니까요. 그러니 숙직실로 와 주세요! 서비스해드릴게요!"

"너와 둘이 있을 때 잠들만한 짓을 할 생각은 전혀 없으니 포기해라."

프라이세는 이미 성희롱 명목으로 해고할 수 있는 수준에 달해 있었지만, 의외로 일을 잘해 쉽사리 해고할 수도 없었다. 무엇보다 타인에게 엄격한 토르아리나가 아무 불평도 하지 않는 게 가장 큰 증거였다.

다만, 나로서는 계속 옆에서 방해해대는 탓에 이전보다 단단한 집중력을 보여야 했다. 참 세상일은 뜻대로 돌아가질 않는군.

지금도 머리에 가슴의 감촉이 느껴진다. 프라이세가 갖다 대고 있기 때문이다.

"이만큼 서비스해드리는데, 좀 더 반응을 보여주시면 안 될까요? 제가 비참해지잖아요."

"내 알 바냐. 나는 그렇게 노골적인 행동에 동요하지 않는다. 아니, 오히려 이때까지 질리도록 당해서 동요하지 않게 됐지."

"과거에 프라이세 씨와 비슷한 작전을 짠 사람이 몇 분이나 계셨거든요."

토르아리나가 설명을 덧붙여 주었다. 막 일을 끝냈는지, 차를 마시고 있었다. 토르아리나는 차를 잘 우린다.

"딸이나 여동생을 시집보내서 마왕님과 친척 관계가 되려고 하던 분들이 끊이질 않았으니까요. 집권 초기에는 좀 노골적인 미인계를 쓰던 마족도 있었습니다."

"으에…… 그건 좀 심하네요……."

"프라이세, 너, 거울 한 번 봐라."

자기도 비슷한 짓을 하고 있으면서 그걸 눈치채지 못하는 녀석이 있지.

"하지만 아무리 반복해도 마왕님이 전혀 움직이질 않으니 적극적인 방법은 오히려 역효과라는 결론에 이른 것 같습니다."

그럴 수밖에 없지. 면식도 없는 이성이 갑자기 유혹하면 누구라도 무서울걸?

"그전에는 자칭『소꿉친구』들이 찾아온 적도 있었죠. 정말 재미있었어요."

"정말인가요! 한번 보고 싶네요!"

"나는 떠올리기도 싫은데."

그때를 떠올렸는지 토르아리나의 입가가 느슨해졌다.

"일주일 사이에 자칭 소꿉친구가 다섯 명이나 왔으니. 무슨 몰래카메라인 줄 알았다. 적어도 시간은 나눠서 하든가."

"츤데레 분들이 오신 적도 있었죠. 마왕님께 무례한 언동을 하시는 분들이 많아서 벌금형에 처했습니다."

"내 앞에서『날려버린다!』라고 했다니까? 협박죄잖아."

그 프라이세마저 황당하다는 얼굴로 이야기를 듣고 있었다. 그때는 그만큼 바보 같은 일들이 많았다.

"아, 그런 사람이 있죠. 츤데레와 폭력 여주인공을 혼동하는 사람."

프라이세, 이상한 지식이 많구나…….

"그리고, 저같이 안경을 쓴 사람이 몇 명인가 밀어닥친 적도 있었죠."

"아~. 안경 페티시즘이라고 생각했나 보네요."

단순히 비서가 안경을 쓴 거지, 안경을 써서 비서로 삼은 게 아닌데.

"그건 제가 봐도 어이가 없는 전략이었어요. 안경을 쓰지 않는 사람에게 억지로 안경을 씌운 게 훤히 보였거든요. 마왕님과 만날 때만 안경을 쓰신 분도 있었습니다."

"그건 안경 페티시즘에 대한 모독이군요."

토르아리나와 프라이세가 의기투합했다.

"맞아, 맞아. 그런 사람 있죠~. 본인은 서비스한다고 생각하는데, 오히려 마이너스가 되는 거 말이에요. 저도 배우고 싶네요."

"역시, 넌 거울 좀 봐라."

프라이세는 자기 긍정이 너무 강하다. 약하다고 좋은 것도 아니긴 하지만.

"아, 맞아. 서비스라고 하니 생각났는데, 마왕님은 서비스하세요?"

프라이세가 가볍게 나에게 말했다.

처음부터 알고 있었지만, 이 녀석은 마왕에게 경의를 표할 생각이 없다. 일단 '님'자는 붙이지만, 그것뿐이다.

"난 마왕이잖아. 마족 중에 서비스할 대상이 없어."

서비스── 프라이세가 말하고자 하는 건 일종의 봉사 활동이다.

마왕이 부하에게 봉사할 일은 없다.

"아뇨, 아뇨. 마족이 아니라, 가족 서비스 말이에요."

그 말이 내 마음을 강하게 때렸다.

가족 서비스라고?!

그러고 보니 아버지는 아내나 딸에게 가족 서비스를 해야 하지 않던가……?

다시 생각해 보면 가족 서비스라고 부를 만한 걸 한 기억이 별로 없다.

좋지 않다. 이건 좋지 않아.

나는 계속 이상적인 부친으로 지내고자 노력하고 있다고 생각했다. 안젤리카와의 관계도 합격점을 줄 정도는 된다고 생각했다.

하지만 그것만으로는 부족할지도 모른다.

가족 서비스라는 말이 있듯이, 가족을 즐겁게 할 만한 이벤트를 준비하는 것도 가장의 일이 아닐까?

스스로는 결점이 없는 아버지라고 생각하고 있었지만, 그건 내 생각일 뿐, 정작 안젤리카는 '어디에도 데려가 주지 않는 아버지'라고 생각할 수도 있었다.

어쩌지…….

이건 가능한 한 빨리 대책을 세워야 한다.

"프라이세, 고맙다. 네 덕분에 중요한 걸 깨달았다."

"아, 마왕님도 제가 달라붙어서 기쁘셨군요. 이 무뚝뚝마왕~."

히죽거리면서, 프라이세가 손가락으로 나를 찔렀다.

그런 의미가 아니야. 그리고 무뚝뚝마왕이라는 별명이 유행하는 건 사양이니 그런 소린 하지 마라.

나는 퇴근 후 저녁을 먹으면서 곧바로 말을 꺼냈다.

"안젤리카. 너, 어디든 가고 싶은 곳 없어?"

“레어 아이템이 잠들어 있는 던전!”

“아니, 그런 거 말고.”

역시. 그렇게 말할 줄 알았다.

“그런 모험이 아니라, 그…… 관광지라든가 온천이라든가 그런 거 말이다.”

“북쪽에 있는 온천 마을에서 산으로 깊숙이 들어가면 숨겨진 던전이 있대. 뜨거운 물을 계속 토해내는 샘이 솟아나는 곳에 사자상이 있다는 소문이 돌더라고.”

“그러니까, 던전이랑 묶지 마라.”

그리고, 그 사자상을 가져가 버리면 뜨거운 물이 멈출 것 같으니 찾지 않는 편이 좋겠다. 온천 마을이 망할지도 모른다.

“흠, 하지만 온천은 나쁘지 않군. 안젤리카, 온천에 가고 싶진 않니? 자고 와야 하는 곳도 괜찮은데.”

“어? 자고 오자고? 귀찮은데. 온천에는 딱히 관심 없고…….”

으…… 젊은 세대한테는 별로 호소력이 없나? 나는 온천 꽤 좋아하는데.

“온천, 좋네요~. 가끔은 가고 싶네요~.”

레이티아 씨가 부드럽게 미소를 지으면서 말했다.

“그렇죠! 꼭, 온천에 갑시다!”

레이티아 씨의 소원이라면 들어줘야지. 이미 가족 서비스가 아니라 내가 가고 싶어서 가는 셈이 되었군.

그러자 안젤리카가 질린 얼굴로 나를 쳐다봤다.

"네네, 오늘도 뜨겁네. 그래, 사랑하는 아내를 위해서 여행을 가는 것도 나쁘진 않겠지?"

이런, 또 나쁜 버릇이 나왔군.

평소대로 레이티아 씨가 원하는 것만 듣고 있었다. 이게 생일 선물이라면 사실 큰 문제는 아니지만, 내가 여행을 가자는 이야기를 꺼낸 건 가족 서비스 때문이었다. 만약 안젤리카가 원치 않는다면, 서비스의 의미가 없다.

나는 안젤리카 쪽으로 얼굴을 내밀었다.

"안젤리카, 온천 중에서 네가 가고 싶은 곳은 없니? 이 온천은 정말 가고 싶었다든가, 모험가들 사이에서 화제라든가."

"아니, 딱히. 난 온천 별로 관심 없으니까……. 아저씨 취미 같잖아."

아저씨라는 소릴 들으니 조금 충격이었지만, 도적 자우니스 같은 가벼운 녀석의 취미가 온천이라고 상상하기는 어려우니, 마냥 틀린 말이 아닐지도 모르겠다.

"뭐, 한번 조사해볼게. 전국에 있는 여행지의 정보를 모아 놓은 게 있으니까."

안젤리카는 자기 방으로 향하더니 책 한 권을 가지고 돌아왔다. 『전국 여행 가이드』라고 적힌 책이었다. 종이 질이 별로 좋지 않아서 오래 보관하기는 어려워 보였다.

"그런 책을 가지고 있었구나."

"모험가는 다들 가지고 있어. 가도 어디에 좋은 휴게 시설이 있는지, 어디의 여인숙이 호화로운지 등이 쓰여 있거든. 특히 여성 모험가는 화장실이 어디 있는지, 화장실이 깨끗한지를 신경 쓰니까."

내가 어릴 때는 화장실이 있는 곳까지 생각하면서 이동하는 인간 모험가는 없었던 것 같은데. 시대가 변했나 보군.

"그러고 보니, 모험가라는 직업이 전국을 이동하는 여행자인 셈이네."

안젤리카는 여행의 달인인지도 모른다. 하지만 그러면 가족 서비스가 어려워지는데.

"이 책에 관광 정보도 실려 있었구나. 온천이 있고, 가고 싶은 곳이라면, 어……, 음……."

안젤리카가 책을 펄럭펄럭 넘겼다.

식사부터 끝내고 하라고 말하고 싶었지만, 내가 말을 꺼냈기에 말하기 힘들었다. 잔소리하는 아버지가 되기는 싫으니 일단 입 다물고 있기로 했다.

"아, 여기도 온천이 있네!"

약 1분 뒤, 안젤리카가 기운차게 소리를 질렀다.

"저기, 마왕, 여기라면 나도 가고 싶어!"

안젤리카가 내 쪽으로 책을 펼쳐서 내밀었다.

거기에는 모래사장 그림과 이런 말이 쓰여 있었다.

♨ 시르하 온천

하얀 모래사장이 쭉 이어지는, 남국의 리조트. 푸른 바다로 헤엄치러 오는 관광객도 많다. 게다가 온천도 있어, 중 · 노년도 즐길 수 있다.

뭔가 마지막 문장이 신경이 쓰이지만, 나이가 많지 않더라도 온천을 좋아하는 녀석들이 있겠지. 반대로 푸른 바다에서 헤엄치기를 좋아하는 중, 노년도 있을 거고.

아니, 두꺼운 지리서도 아니고, 고작 모험가용 가이드북의 글이 아닌가. 따져봐야 입만 아플 테니 그만두자.

"흠, 시르하 온천인가. 좀 멀지만, 갈 수 없는 거리는 아니구나."

"난 남국으로 모험한 적이 없어서 깨끗한 바다를 본 적이 없어. 내가 아는 바다는 푸르다기보다 검은색이었고, 모래사장에도 쓰레기가 널브러져 있었거든……."

확실히 지방에 따라 바다 풍경도 달라지지.

"좋네~. 나는 온천만 있어도 좋은데. 게다가 아름다운 바다도 볼 수 있다니, 최고야~."

레이티아 씨도 절찬하고 있다. 그렇다면 더 고민할 이유도 없지.

"좋아! 셋이서 이 시르하 온천에 가자!"

그럼 곧바로 준비하자.

우선, 나는 휴일이 붙어있는 시기를 확인했다. 갑자기 내일부터 며칠간 출근하지 않는다고 할 수는 없으니까. 마왕의 결재가 없으면 곤란한 서류도 있으니, 미리 말하지 않고 휴가를 쓰면 직원들이 싫어한다.

적당한 시기를 찾았다. 일정에도 문제가 없다.

나는 곧 이어서 시르하 온천 호텔을 향해 큰까마귀 한 마리를 보냈다.

숙박 장소를 확실히 확보하기 위해서다. 기껏 갔는데 잘 곳이 없어서 찾아 돌아다니면 여행 기분도 엉망이 될 테니까.

며칠 뒤, 큰까마귀가 숙박할 수 있다고 적힌 종이를 가지고 돌아왔다.

"좋아! 가족 여행 계획은 완벽하다!"

나는 큰까마귀에게 포상으로 짐승 고기를 많이 먹여줬다.

아침 식사 시간에 일정을 가족에게 전하자, 안젤리카가 신이 나서 떠들었다.

"고마워, 마왕! 확실히 준비할게!"

오오! 이렇게 순수하게 고맙다는 말을 들은 건 오랜만이 아닌가?

역시 가족 서비스는 중요한 거로군. 이 고맙다는 한마디에 모든 것을 보답받은 기분이다.

"저도 기대됩니다~. 여행해본 적이 별로 없어서~."

"어라, 그러신가요. 레이티아 씨는 호기심이 왕성하시니까 여러 곳을 돌아다니셨으리라 생각했는데."

그 말을 듣고 왠지 안젤리카가 미안하다는 듯한 표정으로 고개를 숙였다.

"내가 어렸을 때는 엄마도 여행하기가 힘들었을 테니까……."

아, 그렇구나. 여자 혼자 힘으로 딸을 길렀으니 가볍게 여행할 수 없었을 테지.

"게다가 내가 성장하고 나서는 모험으로 계속 집을 비웠잖아. 그래서 엄마가 여행할 시간이 없었지."

"안젤리카, 엄마는 안젤리카를 탓하거나 원망한 적은 없단다. 단지 계기가 없었을 뿐. 자신을 탓하지 말렴."

레이티아 씨가 안젤리카를 위로했다.

저건 레이티아 씨의 본심이겠지. 애초에 여행은 자주 하는 사람과 거의 하지 않는 사람 간에 차이가 크다. 이동하는 게 힘들다는 이유로 사는 지역에서 거의 나간 적이 없는 사람도 많다.

"음, 그럴지도. 하지만 모험가가 되고 나서는 엄마와 여행을 갈 수도 있었잖아. 마왕이 여행하자고 했을 때, 난 왜 그 생각을 못했나 싶더라고."

나도 프라이세가 아무렇지 않게 한 말을 듣고 떠올렸으니 비슷하다만.

하지만 안젤리카가 레이티아 씨를 얼마나 생각하는지는 알 수 있었다.

“안젤리카, 네 나이에 효도할 생각을 하는 사람은 그리 많지 않아. 여행을 데려갔으면 좋았을 텐데, 라고 생각한 시점에서 너는 훌륭한 딸이다.”

내가 안젤리카 나이였을 때는 그런 걸 의식한 적도 없었다.

“맞아, 안젤리카의 사랑은 언제나 느끼고 있어.”

“엄마도 마왕도 부끄러운 소리 그만해! 딸로서 듣기 힘들다고!”

안젤리카는 얼굴을 붉혔지만, 싫지만은 않은 듯했다.

“그럼 엄마, 같이 여행 준비할까?”

“그래, 부탁할게~.”

어머니와 아이 둘이서 여행을 준비하는 모습을 보고 있자니 이거야말로 둘도 없이 소중한 인생의 한 페이지가 아닌가 하는 생각이 들었다.

나는 특별히 준비할 것도 없으니, 시르하 온천 주위에 있는 관광 정보를 조사했다.

연휴야, 빨리 와라!

그리고 가능하다면 온천에 있을 때는 날씨가 맑았으면 좋겠군!

◇

드디어 찾아온 연휴. 우리는 시르하 온천을 향해 여행을 떠났다.

덧붙여서 이번에는 특급 마차를 타고 이동했다. 평범한 교통수단 중에서는 이게 가장 빠르다.

마왕이 타는 와이번 같은 것도 있긴 하지만, 안젤리카는 둘째치고 레이티아 씨를 태우는 건 위험하다. 터무니없는 속도로 날아가기에 익숙하지 않은 사람은 무서워할 수도 있다.

그리고 빨리 간다고 좋은 것도 아니다. 가는 여정도 포함해서 여행이라 부르는 거니까.

내가 혼자 시르하 온천에 다녀와서 워프를 쓰지 않은 것도 그런 이유였다. 이동 시간이 아예 없으면 여행 분위기가 살지를 않으니까.

레이티아 씨가 피곤하지 않도록, 적당히 쉬는 시간을 가지면서 목적지로 향했다.

안젤리카도 이번 여행이 모험가들의 여행이 아니라 가족 여행이라고 생각하는지 다소 느긋하게 이동해도 불평하지 않았다. 오히려, 레이티아 씨를 돌보고 있었다.

역시 가족 여행을 짜기를 잘했군. 도착하기 전부터 나는 만족했다.

도중에 단순하면서도 깨끗한 여관에 묵고, 이틀째 되는 날, 해가 정확히 바로 위에 떴을 무렵——

우리 가족은 시르하 온천에 있는 하얀 모래사장에 도착했다.

아니, 이건 시르하 해안이라고 하는 게 맞겠군.

"우와! 모래가 진짜 하얗네! 바다도 정말 선명한 파란색이고!"

안젤리카가 흥분해서 소리쳤다.

내가 보아도 절경이라는 생각이 절로 드는 풍경이었다.

관광객도 많다. 헤엄치는 사람도 보였다.

"정말, 여기 천국 아냐? 모험가가 숨어드는 눅눅한 동굴이랑은 정반대인데!"

"동굴이랑 비교하지 마라. 저 바다도 그런 곳과 비교당할 거라고는 상상도 못 할 거다."

"난, 이제 동굴에 못 들어갈 것 같아."

자못 농담이라는 듯이 안젤리카가 밝게 웃었다.

"그러면 모험가는 그만둘 수밖에 없다만."

해안가 바로 위에는 작은 장식에도 돈을 들였다는 게 티가 나는 호화로운 호텔이 줄지어 서 있었다.

나는 그런 호텔 중에서도 특별히 더 고급스러운 호텔을 골라 두었다. 여기서 마왕의 재력을 쓰지 않고 어디서 쓴단 말인가.

"흐음, 흐음. 이렇게 깨끗한 땅은 인간 왕국에서만 볼 수 있지. 기대되는군."

날씨도 쾌청하다. 너무 눈부셔서 마족들이 괴로워할 정도다. 뭐, 일부를 제외하면 햇빛에 다치는 일은 없지만.

다만, 왜 그런지.

갑자기 가슴이 두근거렸다.

안 좋은 일이 이 해안에 일어날 듯한…….

이런 예감은 잘 들어맞는 편이지만, 무슨 일이 일어날지까지는 알 수 없다. 약간 불안하군…….

"그럼, 마왕, 나랑 엄마랑 잠깐 갔다 올 테니, 여기서 기다려."

"기다리는 건 상관없다만 어딜 가는──."

안젤리카는 내 말이 끝나기도 전에 레이티아 씨의 손을 잡고 근처에 있는 가게로 달려갔다.

해변에 온 관광객용으로 간단한 요리라도 내는 가게였다. 아마 소스를 곁들여서 구운 면 요리가 유명했지? 참고로 유명하기만 할 뿐 맛이 있는 건 아니다. 참 기묘하다.

그리고, 잠시 후──

"마왕, 기다렸지!"

수영복 차림의 안젤리카와 레이티아 씨가 달려왔다!

"오늘 입으려고 같이 귀여운 수영복을 사러 갔었거든. 남국에 어울리는 꽃무늬로."

그 말대로 안젤리카가 입은 수영복은 꽃무늬였다. 음, 이런 구조로 된 수영복을 비키니라고 하던가. 마족 땅에서는 본 적이 없으니 잘은 모르지만.

수영복 말고도 허리에도 뭔가 천을 두르고 있었지만 저건 아마 수영복을 멋 내는 장식일 거다.

그런데, 뭐라고 할까, 어…….

"수영복이 귀엽긴 한데 그…… 옷감 면적이 너무 적은 거 아냐? 속옷이랑 다를 바가 없는데."

나는 안젤리카를 똑바로 바라보지 못한 채 눈을 돌렸다.

의붓딸의 속옷 차림을 빤히 보는 건 부모 실격이라 생각한다만, 이건 그런 상황과 별로 다를 바가 없지 않아?

"아니, 마왕, 무슨 변태라도 본 듯한 반응은 그만둬……. 그렇게 섹시한 수영복도 아니잖아. 애초에 바다에 들어가려면 수영복을 입어야지. 알몸으로 헤엄칠 수도 없잖아. 그건 부끄럽고 아니고를 떠나서 범죄야."

안젤리카가 한 말이 이치는 맞지만, 뭔가 납득이 가질 않았다.

"모험가라고 하면 숲이나 산에서 샘을 찾으면 알몸으로 수영하는 이미지가 있다만……."

"그건 그냥 상식이잖아. 그리고, 모험가는 보통 남자들이 하니까 호쾌한 면이 있을 수밖에 없어. 그리고 싸울 때는 가능한 짐을 줄여서 몸을 가볍게 만드는 게 중요하다고. 누가 수영복 따위를 챙기겠어."

"음……. 그건 그렇구나……."

"……뭐, 최근에는 수영복을 가지고 다니는 모험가도 있다는 모양이지만."

인간 사회도 모르는 사이에 꽤 바뀌고 있구나!

이건 지역적인 차이인가. 마족 나라는 헤엄칠 수 있을 만한 장소가 별로 없다. 강에는 독이 있는 해파리 같은 동물이 있을 때가 많고, 위험을 떠나서 애초에 물이 더러운 곳이 많다.

"그리고, 섹시함으로 따지면, 엄마 쪽이 강렬하잖아."

"아~ 그러니? 그렇지만, 이런 게 가슴이 덜 조이는걸~."

레이티아 씨는 지금도 평상시와 다를 것 없이 태평했지만, 나는 그렇지 않았다.

안젤리카와 마찬가지로 비키니였지만, 가슴 부위의 옷감은 목에 끈이 걸려 있어서, 위로 당기는 듯한 구조였다.

그 때문인지, 터무니없이 가슴 크기가 강조되고 있었다!

"갈트 씨, 어때요? 안젤리카같이 화려한 색이나 무늬가 있는 건 나랑 안 어울릴 것 같아서 청초한 하얀색 수영복을 샀는데."

나는 다시 레이티아 씨의 수영복을 확인했다.

정말이다. 심플한 하얀색이다. 다만, 가슴이 모든 시선을 빼앗아 가서 색이 눈에 들어오질 않는다.

전혀 청초하지 않아!

어떠냐고 누가 물어본다면 음란하다고 표현하는 게 적당하겠지.

물론 그렇다고 진짜 아내에게 음란하다고 말하는 남편은 최악이지만.

"어어…… 정말 잘 어울립니다……. 저한테는 너무 자극이 강합니다만……."

"아하하! 마왕, 엄마 수영복을 보고 부끄러워하고 있어! 고지식한 사람은 이런 것에 내성이 없다고들 하던데, 진짜구나!"

안젤리카가 나를 보고 웃었다. 나로서는 안젤리카와 레이티아 씨가 부끄러워하지 않는 게 수수께끼인데.

"갈트 씨, 평소대로 해주세요. 계속 눈을 돌리면 저도 곤란해요."

"그렇죠……. 알겠습니다……."

레이티아 씨 쪽으로 고개를 돌렸다.

즉각 내 눈에 대미지가 들어오기 시작했다.

아아, 너무 눈부셔서 보는 것만으로 대미지가…….

때 묻지 않은 순백의 수영복을 레이티아 씨가 입고 있으니, 마치 빛 속성 마법 같다. 마왕에게는 체질적으로 빛 속성 마법이 좋지 않은지도 모르겠다.

문득, 뒤쪽에서 누군가의 시선이 느껴졌다.

휙, 뒤를 돌아봤더니, 젊은 남자 두 명이 작게 이야기하면서 걸어가고 있었다.

「저 아이 귀여운데? 부모가 같이 있으니 어렵겠지……?」

「그것보다, 그 옆에 있는 아이, 크지 않아? 언니인가?」

「아니, 구성원을 생각하면 부인이겠지.」

「저 모습이 유부녀라니, 범죄잖아…….」

떨어져서 이야기해도 나한테는 다 들린다고. 마왕은 귀도 좋으니까.

방금 그걸로 확실히 알았다.

방금 불안했던 원인이 이것이었군.

인간 세상에서 바다라고 하면 수영복!

어머니와 아이의 선정적인 모습에 이목이 쏠린다!

그리고, 이건 단순히 기우가 아니다. 실제로 벌써 두 명에게 시선을 보내던 괘씸한 남자들이 있었다.

뭐, 해안가에는 사람도 많고 하니, 유괴범이나 악한은 없겠지만, 불쾌한 눈으로 안젤리카를 헌팅하려는 녀석이 있을 수도 있다.
그렇지 않아도 남국이라, 개방적인 분위기고.
내가 저 둘을 지키겠어! 가장의 역할을 다하겠다!
"마왕, 갑자기 뭔 열의를 불태우고 그래? 인류를 멸하려는 의지라도 생겼어?"
"딱히 내가 제어할 수 없는 사악한 마음을 봉인해두었거나 하는 건 아니니 갑자기 그렇게 변할 일은 없다."
레이티아 씨는 내가 항상 옆에서 지킬 테니 문제없다. 하지만 안젤리카는 계속 옆에 붙어있으면 귀찮다고 할 테니 그럴 수가 없다.
뭐, 내가 사춘기 딸이라도 아빠가 계속 붙어있으면 짜증이 날지도 모른다. 이건 어쩔 수 없다.
"그럼 엄마, 파도가 들어오는 곳까지 가 보자!"
또 안젤리카가 레이티아 씨의 손을 잡고 해변으로 달려갔다.
"그래, 그래. 안젤리카도 참, 정말 신났구나~."
아! 그건 안 돼!
안젤리카가 레이티아 씨를 데려가 버리면 내가 레이티아 씨의 옆에 있기도 힘들어진다.
안젤리카가 싫어할지도 모르겠지만, 나도 따라갈 수밖에 없겠군.
"어이, 둘 다. 기다려! 나도 간다!"

"딱히 마왕이 오는 건 상관없는데."

안젤리카가 뒤돌아보며 말했다.

"마왕은 수영복을 안 입었으니까, 물에 들어가는 건 곤란하지 않아?"

나는 그때 처음으로 자신의 모습이 주위와 어울리지 않는다는 걸 알아챘다.

여기는 제대로 옷을 입고 있는 사람이 압도적으로 적다. 적어도 이런 복장으로 물에 들어갈 순 없다!

어쩐지 덥더라니……. 남국의 기후에 평소에 입던 복장은 어울리지 않는다.

"으음…… 이런 옷을 입고 바다에 들어가면 꼴사납게 홀딱 젖겠지."

"그럼 마왕도 해변에 있는 가게에서 수영복을 사 오면 되잖아. 우리가 갈아입은 가게에서 팔던데."

"과연, 이런 곳이라면 수영복도 팔겠구나."

"그리고, 짐도 좀 보고 있어. 모래사장은 넓으니까, 이쪽 어딘가에 자리도 좀 잡고."

"야, 자꾸 뭘 하라는── 아니……."

나는 지금 가족 서비스를 하는 것이다. 그렇다면, 안젤리카의 말도 들어줘야지.

그러면 내 인상도 좋아질 것이다. 애초에 그게 목적이었지.

나는 눈이 좋으니 떨어져 있어도 감시는 할 수 있다. 아무리 그래도 1분에 한 번 헌팅당할 만큼 조우 비율이 높지는 않겠지.

"알았다. 그렇게 하마. 모래에 화상을 입지 않도록 돗자리라도 깔아야겠군. 피부가 타지 않도록 파라솔 도사고."

"응, 고마워, 마왕!"

안젤리카가 힘차게 손을 흔들었다. 역시 평소보다 기분이 좋은 모양이다.

"갈트 씨, 잘 부탁드립니다."

레이티아 씨가 인사했는데, 그러는 탓에 가슴이 강조됐다.

머릿속에 '무엄하다'와 '훌륭하다'라는 모순된 생각이 동시에 떠올랐다.

나는 곧바로 모래사장 뒤에 있던 가게에 들어갔다.

커다란 수영복과 모래사장에 깔 돗자리, 파라솔을 산 뒤, 탈의실에서 수영복으로 갈아입고 나왔다. 남자는 바로 갈아입을 수 있어서 편하군.

가격은 꽤 나갔지만, 나에게는 높지 않은 금액이었다.

가게를 나와보니 가게 앞에서 점원이 철판에다 면을 굽고 있었다.

지글거리면서 위를 자극하는 소리가 났다. 소리만으로 사고 싶게 하다니. 이 해변의 명물인 이유를 알 것 같았다.

"점원이여. 그, 구운 소스 스파게티라는 걸 하나만 다오."

"네, 감사합니다! 가게에서 드실 건가요? 테이크아웃인가요?"

"테이크아웃으로 부탁하지."

"알겠습니다!"

기세 좋게 소리를 지르더니 점원이 계속 면을 구웠다. 소스를 치자 더욱 크게 지글거리는 소리가 났다.

"손님, 가족 서비스로 오셨군요."

맙소사. 점원에게 간파당했다.

보기에는 어디든지 있을법한 남자일 텐데?

이 사람, 설마 고명한 현자인가? 혹은 마음을 읽는 힘이라도 있는 건가?

"음, 그렇다. 그런데, 어떻게 알았지?"

"짐이 1인분이 아닌 데다 여성의 가방도 있으니까요. 그리고 손님처럼 짐을 보는 아버지들이 많거든요."

"날카로운 통찰력이다. 감복했다."

어떤 지역에도 현자가 있군.

"그런데, 가족 서비스로 여기에 온 남자들이 많다고?"

"네, 전형적이라고 할까요? 특히 온천도 있으니까 부모도 느긋하게 쉴 수 있죠. 물론, 연인끼리도 옵니다만, 가족끼리 오는 사람이 훨씬 많죠."

역시, 내 생각은 틀리지 않았다.

"거기에 관광 지도도 있으니, 필요하시면 가져가세요."

지역 정보를 가르쳐 준다니, 정말 현자일지도 모르겠군.

"이미 조사는 했다만 모처럼이니 받아 둘까."

"네, 관광 지도에 시설 할인권도 있으니까요. 여기 구운 소스

스파게티입니다. 감사합니다!"

나는 나무껍질을 얇게 벗겨서 만든 일회용 용기에 담긴 스파게티를 받아들고 두 사람을 찾아봤다.

멀리 들어간 게 아니어서 금방 찾았다.

"그러고 보니, 엄마는 바다를 어릴 때 한 번 보고 처음 왔어~."

"정말? 나도 이렇게 깨끗한 바다는 처음 봐."

딱 물이 들어오는 곳 근처에서 놀고 있었다. 저 정도면 내 눈에도 잘 닿는다.

나는 장소를 정하고 천을 깐 뒤 파라솔을 설치했다.

"좋아, 세팅이 꽤 잘 됐군. 가족 서비스가 잘 되고 있어."

여기라면 둘의 목소리도 잘 들린다.

"이 나이에 수영복을 입는 건 어떨까 하고 처음에는 저항감이 있었는데~."

"엄마, 정말 예쁜데. 전혀 문제없어."

나도 동의한다. 오히려 너무 아름다워서 파렴치한 시선을 받지 않을까 걱정될 정도다.

주위를 둘러보면 지나가던 남자가 이따금 시선을 향하는 게 보였다.

그때마다 「뭘 보는 거냐!」라는 마음을 담아 노려봤다.

마왕의 눈빛을 느낀 건지, 남자들은 대체로 겁을 먹고 떠나갔다.

으음……. 말을 거는 사람은 아직 없지만, 사람들이 주목하는 건 틀림없군.

속옷 차림이나 다름없는 아내와 딸을 사람들이 쳐다보는 건 좀 괴롭지만, 한편으로 저 둘을 쳐다보는 심리가 이해가 갔다.

둘 다 이 해변에서 빛나는 존재니까.

원래도 아름다웠지만, 레이티아 씨뿐만 아니라, 안젤리카도 좋은 미소를 짓고 있었다.

집에 있을 때는 저렇게 순수하게 웃는 모습은 본 적이 없었다.

마치 안젤리카의 내면의 아름다움까지 보여주는 듯한 미소였다.

가족 서비스를 하러 오길 잘했어.

모험가에게도── 아니, 모험가이기에 휴식이 필요하다. 이참에 기력을 회복했으면 좋겠다.

덧붙이자면 저 둘 외에도 수영복을 입은 여자는 당연히 많았지만──

어떤 사람도 특별할 건 없군.

뭐, 소녀라면 아름다움보다 귀여움이 더 눈에 들어오니 비교하기 어렵지만, 레이티아 씨의 미모를 이길 수 있는 사람은 없었다.

너희들, 열심히 발버둥 쳐라. 마왕의 아내에겐 못 당하겠지만.

나는 파라솔 아래에서 의기양양한 표정을 지었다.

누가 보면 한가한 녀석인가? 생각하겠지만, 이럴 때 아버지는 정말 할 게 없다. 너그럽게 봐줬으면 좋겠군.

혼자 가만히 지키는 임무── 이게 가족 서비스라는 것이다.

이상한 벌레가 붙지 않는지 감시하고 있으니 마음이 완전히 놓이지는 않지만.

"마왕, 그렇게 계속 쳐다보지 마!"

안젤리카가 손나팔을 만들고 불평했다.

"오, 그걸 어떻게 알았지?"

"용사니까, 마왕의 기색이 느껴진다고!"

잠시 후에 둘이 내가 있는 곳으로 돌아왔다.

"마왕도 수영복 잘 어울리네. 아니, 근육이 굉장하네."

안젤리카가 내 복근에 손을 댔다.

"마왕은 몸도 단련하고 있으니 당연하지. 마왕이 포동포동하면 신하들에게 본보기가 되지 않으니까."

마왕은 인간의 왕과는 달리 자신의 전투력도 중요하다.

그렇다고는 해도 안젤리카 녀석, 아무렇지 않게 손을 대는구나. 집이라면 이러지 않는데, 이것도 남국의 분위기에 휩쓸린 건가?

"이런 몸이라면 보통 검 따위는 피부만 겨우 베고 튕겨 나오겠네. 세레네에게 공격력을 강화해주는 마법을 받는 게 좋겠어."

"왜 날 쓰러트리는 법을 생각하는 거냐?!"

네가 바라던 대로 이렇게 자리도 잡고 짐도 봐줬으니, 칭찬이라도 해줘.

"농담이야, 농담. 고마워. 여기를 거점으로 삼고 오늘은 즐길게."

안젤리카가 내 어깨를 툭툭 두드렸다. 역시, 평소보다는 몸을 많이 건드리는군

"엄마는 당분간 여기서 느긋하게 쉴게. 안젤리카랑 같은 페이

스라면 힘드니까."

"나는 모처럼 바다에 왔으니까, 한번 헤엄치고 올게!"

안젤리카는 다시 바다를 향해 달려갔다.

헤엄치는 동안에 헌팅 당하지는 않을 테니 마음을 놓아도 되겠지?

자, 레이티아 씨와 둘만의 시간이다.

혹시 안젤리카 녀석, 거기까지 생각해서 혼자서 바다에 간 건가? 그건 지나친 생각일까. 어차피 물어본다고 대답해줄 것 같지도 않고, 알 방법이 없군.

"갈트 씨는 헤엄치러 안 가세요? 저는 느긋하게 낮잠이라도 자려고요."

"아뇨, 아뇨. 저도 여기 남겠습니다!"

헤엄치는 것보다 여기 남는 게 훨씬 가치가 있다.

"그럼, 둘이서 느긋하게 쉴까요~."

레이티아 씨는 천 위에 엎드렸다. 이게 해변을 즐기는 자세의 정석이라고 한다.

다만, 큰 가슴이 눌려서 거기에 눈길이 가 버린다. 레이티아 씨의 가슴은 예사롭지 않은데……. 마치 슬라임이라도 기르는 것 같다…….

그리고 등에서 허리까지의 라인도 훌륭하다. 여기까지만 보면 청초하다는 말이 딱 들어맞는다. 천사의 피부 같다.

잠시간 나는 할 말을 잊었다.

피부가 아름답네요, 라고 말을 꺼내는 것도 이상하고.

"갈트 씨, 여행을 가자고 해서 고마워요."

레이티아 씨가 내 쪽으로 고개를 돌렸다.

"레이티아 씨가 기뻐하시니, 저도 기쁩니다. 저도 가족 여행다운 가족 여행도 한 적 없으니까요."

"저도 안젤리카에게 이런 가족다운 일을 해주지 못했으니까 마침 잘 됐어요. 저렇게 천진한 안젤리카를 보는 건 정말 오랜만이에요."

그 말은 조금 뜻밖이었다.

"레이티아 씨 앞에서는 안젤리카는 솔직하게 행동한다고 생각했습니다만."

"폐를 끼치면 안 된다는 마음이 너무 강한 탓에 무리해서라도 씩씩하게 행동할 때가 많았어요."

"고집스러운 건…… 저도 잘 알죠."

"하지만 여기 와서 안젤리카도 평범한 여자아이구나, 라는 것을 느꼈어요. 이건 갈트 씨 덕분이에요."

"그렇게 말해 주시니 영광입니다."

그래, 마왕이니 용사니 하는 건 신경 쓸 필요 없다.

다른 가족들이 하는 것을 우리도 하면 된다. 그것이 행복으로 가는 지름길이다.

"아, 구운 소스 스파게티를 사 왔는데, 드시겠습니까?"

"어머, 한번 먹어볼까~?"

우선 절반 정도를 레이티아 씨에게 건넸다.
그렇지만 내 예상이 빗나갔다.
레이티아 씨는 포크에 면을 감더니——
"자, 갈트 씨, 아~ 하세요♪."
그걸 내 입으로 가져왔다!
"엇! 그건 조금 저항감이……."
물론 기뻤다. 기쁘긴 했지만, 이런 짓을 해도 될까 하는 기분이 들었다. 게다가 혹시 다른 사람이 보고 있을지도 모르고…….
"괜찮지 않을까요? 우리, 신혼이니까~♪ 우후후♪"
즐거운 듯이 레이티아 씨가 미소 지었다. 그 미소에 당했다.
가족 서비스니까 괜찮겠지. 나도 가족의 일원이니 서비스받아도 괜찮잖아?
입을 벌리자 레이티아 씨가 면을 내 입에 넣었다.
"어때요? 맛있나요?"
레이티아 씨가 주는 거라면 독이라도 맛있다고 할 자신이 있지만, 진짜로 그러면 좀 징그럽겠지?
"그렇게 맛난 건 아닙니다만, 이곳에 어울리는 맛이군요."
뛰어난 요리는 아니지만, 명물이라 불리는 이유를 알 것 같았다. 수영복을 입고 해변에서 먹으니 격식을 차린 예절도 궁정 요리의 맛도 필요치 않은 것이다.
"그럼, 한입 더 드세요. 아~앙♪."
아아, 마음이 정화되는 것 같구나……. 여기에 오길 잘했어…….

다만, 내가 먹여주는 건 부끄러워서 할 수가 없었다.

"그럼, 저도 조금 먹어 볼까요~."

레이티아 씨는 포크를 자신의 입에 넣었다. 둘이서 한 포크로 먹었다.

그렇지만 거기서 사고가 났다.

건더기인 양배추, 고기, 그리고 면이 포크에서 떨어져 레이티아 씨의 가슴 사이에 들어갔다.

"어머, 어머, 큰일 났네. 자주 먹는 음식이 아니라서 실수했나."

레이티아 씨는 건더기와 면을 손으로 주워서 입에 넣고 손가락을 빨았다.

나는 정면에서 그 모습을 계속 지켜보고 있었다.

어째서지. 의도적인 것도 아닌데, 쓸데없지 음란해 보인다.

"어머, 갈트 씨, 왜 그러세요~?"

레이티아 씨는 멍한 표정을 짓고 있었다. 전부 별생각 없이 한 행동이었단 말인가.

"하하하…… 아무것도 아닙니다……."

가족 여행이라는 건 정말 좋은 거구나.

우리는 해변 뒤쪽의 훌륭한 호텔로 향했다. 여기서 2박 할 예정이다.

"우와! 모험가 활동할 땐 이렇게 호화로운 호텔에 묵은 적 없는데!"

안젤리카가 내 생각보다 훨씬 기뻐하며 그렇게 소리치더니, 천장의 모양이나 창문을 세세하게 움직일 수 있는지 등을 확인하며 돌아다녔다.

“모험가 일을 할 때는 더러운 숙소에 묵을 때도 많으니까 힘들었거든. 벼룩이나 이가 너무 많아서…… 아, 떠올린 것만으로 트라우마가 될 것 같아…….”

“그런 모험 잔혹사는 이야기하지 마라! 나까지 가려워지잖아!”

용사도 그리 편한 생활을 보낸 건 아닌 모양이군.

뭐, 자칭 용사가 전국에 있을 테니, 용사라고 주장한들, 결국은 수상한 모험가라고 의심만 샀을지도 모른다.

“나 같은 사람한테는 아까운데. 여기는 왕비가 묵을 것 같은 방이잖아~.”

“레이티아 씨는 왕비잖습니까. 마왕의 아내니까.”

한순간 레이티아 씨가 움직임을 멈췄다. 그러더니 짝하고 손뼉을 쳤다.

“아, 그랬죠~. 갈트 씨는 마왕이었어요~♪”

정말 잊고 있었구나. 딱히 상관은 없지만.

“마왕, 낙심하지 마. 마왕이 평소에 마왕답지 않아서 그래.”

안젤리카가 쿡쿡 웃었다.

“낙심한 적 없다. 오히려 마왕답지 않다는 증명이 되는 것 같아 기쁠 정도다. 저녁은 1층의 레스토랑을 예약해 뒀다. 안젤리카, 너는 모처럼이니 식사 매너를 공부하렴.”

안젤리카가 대단히 싫은 표정을 지었다.

"차기 마왕은 어쨌든, 용사는 인간 왕국에서 회식할 일도 있을 거 아니냐. 그때 비웃음을 사지 않게 최저한의 지식은 배워 둬라."

"왕국은 구두쇠라서 용사가 된 뒤로도 거의 초대해준 적이 없어……. 아! 생각해내니 갑자기 화나네!"

이 녀석, 용사가 되고 나서는 좋은 추억이 없는 거 같은데…….

"마왕에게 검술이나 마법을 배우는 건 괜찮은데, 테이블 매너를 배우는 건 왠지 패배감이 느껴져."

어쩔 수 없잖아. 진짜 졌으니까…….

생각만 해도 가려워지는 숙소에 묵던 녀석들에게 마왕이 져서 쓰겠니.

"안젤리카, 내가 가르쳐 줄게. 나도 할 줄 알거든."

"그게 좋겠군요. 레이티아 씨는 생일 때 가게에서도 행동이 완벽했으니까요!"

"그럼, 엄마가 가르쳐 줘. 마왕은 언제나 한 마디가 더 많아."

"네 기억력이 나쁜 걸 내게 불평하지 마라."

그러나 호텔에서 줄곧 불평하던 안젤리카도, 레스토랑에서 요리가 나오자 금방 기분이 풀어졌다.

"궁정 생활도 나쁘지 않을지도 모르겠어…… 너무 황홀해……."

"미리 말해 둔다만, 매일 이런 것만 먹는 건 아니다."

그리고, 마왕이 여는 회식은 대부분 정치적인 목적이 깔려 있어서 그렇게 느긋한 분위기가 아닐 때가 많다.

"모험가 시절에는 먹을 게 없어서 동굴에서 곰팡이가 생긴 빵을 갉아 먹기도 했는걸. 떠올리기만 해도——."

"더는 떠올리지 마라! 모험가 생활은 전부 잊어라!"

음식점 안에서 곰팡이 이야기는 안 했으면 좋겠다.

"마왕과 용사는 비슷한 지위라고 생각했는데, 생활은 완전히 다르네요~."

레이티아 씨가 감탄스럽다는 표정을 지었다. 굳이 말하자면 용사의 생활이 일방적으로 심각한데.

"모험가 시절에는 전투로 옷이 너덜너덜해질 때도 많았으니까, 돈이 있어도 이런 가게에는 못 들어갔어."

"그건 이해할 수 있다만, 마스게니아 왕국은 용사에게 너무 엄격한 거 아니야?"

이것도 마족과 왕국의 싸움이 조금씩 해결되면서 나타난 현상일인지도 모른다. 용사의 가치도 예전보다 많이 하락했겠지.

"지금, 처음으로 마왕의 딸이 되어서 다행이라고 생각했어."

"너, 칭찬하는 것처럼 말하는데 칭찬이 아니잖아."

"미안, 미안."

농담이라는 듯이 안젤리카가 혀를 내밀었다. 테이블 매너로 따지면 빵점이지만, 귀여우니 용서해줬다.

"그리고 가족 서비스 고마워. 이런 건 마왕이 아니면 떠올리기 힘들겠지."

안젤리카의 표정이 갑자기 어른스러워졌다.

어딘가 믿음직스럽지 못한 평소 모습과는 다른 분위기에 조금 긴장됐다.

정말로 딸에게 아버지라고 인정받은 듯했다.

"아, 아버지의 의무를 다했을 뿐이란다……."

그「고마워」라는 말은 기뻤지만, 동시에 서글펐다.

그렇게 빨리 깨달을 필요는 없다. 바보짓을 하는 아이라도 괜찮다.

귀족이라면 시집을 보낸다 해도 이상하지 않을 나이지만 굳이 서두를 이유는 없다.

세 명이 함께 보낼 나날이 언제까지 이어질지는 아무도 모른다.

그렇다면 하루하루를 소중하게 보내야지 않겠는가. 안젤리카는 정말 곧 어른이 될 테니.

좋아, 나는 앞으로도 확실히 가족 서비스를 해야지!

"마왕, 왠지 의욕이 느껴지는데."

"내일도 보람찬 여행이 될 테니, 기대하려무나."

"아, 내일은 바다에 안 가는구나."

안젤리카 녀석, 완전히 바다에 빠졌구나.

"아침 일찍 일어나 가는 정도는 괜찮지만, 온종일 그러고만 있으면 질리겠지. 모처럼 멀리까지 왔으니, 이 지역에서만 볼 수 없는 걸 보러 가자."

"알았어, 어디로 데려가 줄진 모르겠지만, 적당히 기대할게."

"저도 갈트 씨가 어디로 데려가 줄지 기대돼요~."

갈트 류젠── 아버지 1년째.

첫 가족 여행은 이대로 대성공으로 끝내겠어!

식사 후, 나는 온천에서 피로를 풀었다.

"전투 후와는 또 다른 피로감이구나……."

정신적인 피로인가. 신경을 많이 써서 그럴지도 모르겠군.

어쩌면 스트레스를 계속 주는 것만으로 마왕을 쓰러트릴 수 있는 게 아닐까?

하지만 그건 마왕치고는 너무 꼴사납군. 스트레스가 너무 쌓이지 않도록 조심해야겠어.

◇

다음 날, 안젤리카는 정말로 이른 아침부터 바다에 갔다.

아침 식사 전에 돌아왔지만, 그런데도 2시간 정도는 헤엄쳤을 것이다.

"역시 젊어서 그런지 기운이 넘치네~."

"레이티아 씨, 안젤리카는 좀 특별한 경우죠. 용사니까 체력이 남아도는 겁니다."

"내일도 헤엄쳐야겠어. 이런 곳은 좀처럼 올 수 없으니까. 3일 전부 헤엄쳐야 본전을 뽑지."

본전을 뽑다니……. 모험가답다고나 할까, 싼 티가 난다고나

할까.

언젠가 안젤리카에게 제왕학을 가르쳐야 하나.

하지만 그렇다고 서민적인 발상을 버리는 것도 좀…….

“그런데, 이른 아침부터 헤엄치려고 와 있던 지역 주민 남자가 그런 말을 했어. 좋은 가게를 아는데 같이 가지 않을래? 하고.”

헌팅 당한 건가!

그런가, 현지의 나쁜 아이는 관광객이 별로 오지 않는 이른 아침을 이용하는 건가. 방심했구나!

“무, 물론, 거절했겠지……?”

“당연하잖아. 눈앞에서 떨어져 있던 돌멩이를 쥐어서 부쉈더니, 겁먹고 가버렸어.”

딸이 정공법 헌팅에 넘어가는 사람이 아니라서 다행이다.

다만, 안젤리카도 싫지만은 않은 듯했다.

“하지만 그건 즉, 내가 헌팅 당할 만큼 매력적이라는 거잖아? 기분은 나쁘지 않던데.”

완전히 들떴구나……. 그런 방심에 목숨을 빼기는 거다.

“모험가 길드나 모험가들이 모이는 술집에서 구애를 받은 적은 있지만, 그 녀석들은 그런 말들을 인사처럼 해대니까 헌팅 당한다는 생각은 안 들었는데 말이야. 술만 먹으면 음담패설만 늘어놓는 놈들이고.”

모험가는 거친 남자들이 많으니 그럴 수밖에.

“그러니까 오늘이 인생 첫 헌팅인 셈이란 거지.”

"너무 들뜨지 마라. 그런 놈들은 누구든 상관치 않고 말을 걸기 마련이야. 일발필중이 아니라 열 번, 스무 번 도전해서 하나만 걸려라, 하는 거지."

"찬물을 끼얹지 마."

"애초에 너만큼 생겼으면, 그놈들은 일단 말이라도 붙여보자 하고 다가올 거라고."

안젤리카가 눈을 깜빡였다.

"마왕, 방금 그거, 진심이야? 겉치레가 아니라?"

내 말을 믿지 못하는 모양이다.

안젤리카에게서 사사야가 비쳐 보인다는 것도 있지만, 그것을 빼도 귀여운 편이다.

"내가 너한테 겉치레로 그런 소릴 할 필요가 없지."

"맞아, 안젤리카는 정말 귀여우니까~♪."

레이티아 씨가 내 말을 보충해 주었다.

거짓말이 아닌 진심이다.

분명, 안젤리카는 헌팅 당했을 때보다 더 기뻤을 것이다.

우리는 아침 식사를 끝내고 해안을 따라 잠시 걸었다.

이윽고 모래사장이 끊어졌다.

"저기, 마왕. 어디로 가는 거야?"

"이곳의 볼거리는 하얀 모래사장만 있는 게 아니다."

여행을 떠나기 전에 미리 정보를 모아 놓았지.

산책으로 딱 좋다 싶은 정도의 거리를 걷자 목적지에 도착했다.

바다를 밀어내듯 평평한 암석 지대가 쭉 이어져 있었다.

"여기가 명소『시르하 해안평원』이다. 고대에 용암이 특수하게 퍼져서 이렇게 독특한 풍경이 됐다."

설명할 내용은 미리 머릿속에 집어넣어 놨다.

"만조에는 여기까지 물에 잠긴다. 그래서 파인 곳에 바다 생물이 들어가 있을 때도 있지."

어때? 모래사장과는 또 다른 불가사의한 광경이지?

그런데, 뭔가 이상하다.

안젤리카의 표정이 매우 딱딱했다.

뭔가 재미없는 농담을 들었을 때와 같은 얼굴이었다.

"이게, 어디가 재미있는 거야?"

스트레이트로 지적받았어?!

마음에 치명적 대미지!

딸에게 부정당하는 게 이렇게 아플 줄이야……!

"어, 어째서지?! 이런 지형은 좀처럼 볼 수 없어. 마스게니아 왕국에서도 아마 여기서밖에 볼 수 없을 텐데……."

"아니, 바다 옆에 바위가 늘어서 있을 뿐이잖아. 이걸 보고『굉장해―!』같은 반응을 하는 게 이상한 거 아니야?"

안젤리카가 그렇게 말했다. 다만 안젤리카 옆에서는……

"우와~ 넓네~. 아, 구멍에 뭔가 있어♪ 몸을 배배 꼬고 있어~."

레이티아 씨가 나름대로 즐기고 있었다. 덧붙이자면 안에 있던 건 갯민숭달팽이입니다.

"엄마가 긍정적인 것뿐이야! 젊은 세대가 좋아할 만한 내용은 아니라고!"

으음…… 어제 갔던 모래사장에서는 그렇게 신나 했는데, 왜 바위가 많은 곳은 안 되지? 따지자면 이쪽이 더 희귀한 건데?

하지만 주변을 둘러보니 안젤리카의 말을 증명하듯, 관광객 수는 이쪽이 더 적었다. 그나마 있는 관광객도, 젊은 커플은 보이지 않았다.

아니, 아직이야. 볼만한 곳은 여기 말고도 있으니까!

"그럼, 다음 장소로 가자! 마차에 타자!"

우리는 마차를 타고 다음 목적지로 향했다.

도착한 곳은—— 시르하 해안 종합 박물관.

『시르하 해안의 역사와 자연을 전부 알 수 있다』라는 말을 캐치프레이즈로 삼은 큰 박물관이다. 해안에 서식하는 귀중한 생물의 표본이나 이 지역 출신의 저명한 학자의 전시회 같은 것도 있다.

건물 규모도 상당해, 천천히 관람한다면 여기서 반나절은 보낼 수 있을 정도로 볼 게 많다.

그러나 입관 20분 만에 나는 난항에 빠지고 말았다.

안젤리카가 여기 온 이후로 단 한마디도 하지 않고 있었다.

관심 없는 수준이 아니라 질렸다는 표정이었다.

어라? 내가 해설을 잘못했나?

"다음은 이 시르하 해안 출신 생물학자의——."

"이제 됐어."

안젤리카가 내 앞에서 양손을 비스듬하게 교차해 X자를 만들었다.

"마왕, 하나도 재미없어! 모처럼 이렇게 멀리 왔는데, 왜 이렇게 재미없는 곳만 오는 거야?"

완벽하게 부정당했다!

갑자기, 내 머리에 프라이세가 한 말이 뇌리를 스쳤다.

——그런 사람 있죠~. 본인은 서비스한다고 생각하는데, 오히려 마이너스가 되는 거 말이에요.

딱 지금 내 상황인데?!

어디가 잘못된 거지? 시르하 해안에 가고 싶다기에, 시르하에 관심이 있는 건가 싶어서 이 지역을 잘 알 수 있는 곳으로 안내했는데, 내가 잘못 생각했나……?

"저기, 구체적으로 어떤 점이 재미없어? 어떤 게 지루하다는 거야?"

"전부."

"좀 더 구체적인 대답을……."

"이 박물관의 어떤 부분이 재미없다는 게 아니라, 박물관에 온 거 자체가 재미없어! 오히려 마왕은 사춘기 딸이 박물관을 보고 「신난다—! 박물관이다~!」 같은 소릴 하리라 생각한 거야? 그게 더 이상하지 않아?"

나는 눈을 깜빡였다.

아무래도 내 사고와는 근본적인 차이가 있었던 모양이다.

"모르는 도시에 오면 박물관이나 자료관부터 가 보지 않니?"

"안 가."

안젤리카가 곧바로 대답했다.

"모험가는 많은 곳을 돌아다니잖아? 그때마다 이 마을의 역사나 성립 과정은 어떨까, 하는 생각에 박물관에 가 본다거나――."

"안 간다니까. 물론, 나할린이 자유시간에 그런 곳에 갈 때가 있긴 하지만, 그래봤자 나할린뿐이라고."

"그럴 수가……! 이건 책으로 조사해 짜낸 코스로, 그냥 생각나는 대로 만든 계획이 아니라고. 이 박물관도, 네가 가지고 있던 『전국 여행 가이드』에는 물론, 시르하 온천에서 본 관광 시설 항목에도 적혀 있었는데?!"

"그러면 뭐 해. 이건 가족끼리 즐길 수가 없잖아. 마왕, 센스가 이상해."

나는 그 자리에서 무릎을 꿇었다.

대미지가 너무 컸다. 딸의 말이 아프다.

"어머, 어머. 괜찮아요, 갈트 씨?"

레이티아 씨가 내 어깨에 손을 얹었다.

"안젤리카, 말이 심하잖니. 갈트 씨도 열심히 준비했는데."

"그럼, 엄마, 방금 코너에 뭐가 있었는지 말해 봐."

"어, 그래~. 뭐였지~. 음~ 아, 그거였나. 그, 저기~."

레이티아 씨도 아무것도 기억이 나지 않는 모양이었다…….

"봐, 엄마도 흥미가 없잖아. 세 명 중에서 두 명이 즐길 수 없는 곳으로 안내한 시점에서 이미 문제야. 마왕은 우리가 즐거워하리라고 생각한 모양이지만, 슬프게도 엄청나게 헛돌고 있다고! 나도 이젠 못 견디겠어!"

이번에는 안젤리카가 무릎을 꿇었다.

이상한데. 아버지와 딸이 무릎을 꿇고 마주 보는 건.

"차라리 오늘은 자기 취향대로 계획을 짰다고 했으면 이러진 않았을 거야. 그럼 차라리 배려해준다는 생각으로 갈 수는 있을 테니까. 근데 우릴 배려한 게 이거라니, 괴로워서 못 볼 지경이라고……."

안젤리카가 슬픈 얼굴로 말했다.

이 상황에 이런 말을 하는 건 이상할지도 모르지만── 나는 이 모습이 왠지 정말 가족답다고 생각했다.

이건 내가 실수한 게 아니라 가족 경험이 부족한 우리의 실수다.

그리고 그 실수로 우리가 가족이라는 걸 실감할 수 있었으니, 이 여행도 의미 없지는 않았다──고 생각한다. 적어도 나는 그렇다.

안젤리카는 나에게 다가오더니 내 손을 잡았다.

"마왕이 의욕을 낸 건 잘 알겠어."

"그, 그래!"

"하지만 마왕은 센스가 없어. 전혀 없다고. 마법 적성이 없는 검사가 어떤 마법도 쓸 수 없는 거랑 똑같아. 『적은』게 아니라 『없어』."

"너, 위로하듯 다가와 놓고는 더 공격하는 거냐……."

심한 말을 들어버렸다.

"어중간한 상냥함은 오히려 마왕을 상처입히겠지. 나는 용사니까, 때로는 다른 사람을 돕기 위해서라도 일부러 상처를 내야 할 때도 있어."

안젤리카 눈동자에서 레이티아 씨가 때때로 보여주는 자애의 감정이 보였다.

"그러니까, 나랑 같이 어디를 관광할지 정하자. 마왕보단 내가 나을 테니까. 나도, 마왕, 물론 엄마도 행복해질 수 있을 거야."

"그렇구나. 알았다……. 다음부터는 다시 생각해 보자."

당분간 이야기를 나누고 일정을 다시 짰다.

"와―! 뛰었다! 뛰었어! 고리로 지나갔어!"

"정말이네~. 돌고래가 저런 것도 할 수 있구나~."

우리는 시르하 파크라는 유원지로 왔다.

안젤리카뿐 아니라 레이티아 씨도 즐거워 보였다.

그렇지만, 이번에는 내가 별 감흥이 없었다.

"으음, 이게 그렇게 대단한 건가?"

"당연하지! 말도 안 통하는 돌고래를 가르쳐서 묘기를 부리고 있잖아. 대단하지 않아?"

"아니, 드레이크를 길들이면 하늘도 날 수 있고 화염도 토해낼 수 있다만……. 그거랑 비교하면 돌고래는 그냥 뛰는 것뿐이 아니냐."

"그런 이상한 거랑 비교하지 마!"

어쩌지. 뭐가 굉장한 건지 잘 모르겠나. 사나운 해룡을 자유자재로 조종한다면 굉장하다는 생각이 들 만도 하다만, 돌고래 따위는…….

아무래도, 마족과 인간의 가치관이 아직 많이 다른 모양이군. 앞으로도 타협점을 찾아야겠어…….

그런 생각을 하는 사이에 돌고래 쇼가 끝났다.

"재밌었어~. 그럼, 이번에는 자이언트 판다를 보러 갈까."

"그러자. 거기가 이 유원지의 꽃이니까!"

둘이 재밌어하는데 미안하지만, 곰을 보는 게 재밌을 것 같진 않은데.

——적어도 실물을 보기 전까지는 그렇게 생각했다.

"오오! 뒤집기다!"

"귀엽네! 먹이를 먹는 것도 귀여워!"

"좋네~. 곰들이 전부 눈이 처진 것처럼 보이는 게 재미있어~♪"

자이언트 판다는 흰색과 검은색이 섞여 있는 매우 희귀한 곰이라고 하는데, 움직임이 느긋하고 귀여운 게, 보고 있으니 힐링이 되는 기분이었다.

"오오! 새끼들이 공을 가지고 놀기 시작했어!"

"아~, 공에 올라타더니 떨어졌어. 운동 신경이 없네~."

"언제까지고 계속 볼 수 있을 것 같아~♪."

해가 질 때까지 우리는 자이언트 판다의 우리 앞에서 환성을 질렀다.

그날, 온천에서 씻은 뒤, 안젤리카와 복도에서 마주쳤다.

나와 마찬가지로 온천에서 돌아오는 길인 듯했다.

"오, 안젤리카. 덕분에 귀엽다는 게 뭔지 조금은 이해했다."

안젤리카 덕분에 새로운 걸 배웠다. 감사 인사는 제때 전해야지.

"잘됐네. 마왕, 가족 여행은 가족이 함께하는 거니까, 어디 갈지도 가족과 상의해서 결정하면 되는 거야. 혼자 떠안을 필요 없어."

나는 깜짝 놀랐다.

그렇게 생각할 수도 있구나.

여행을 준비하는 건 가족 서비스일지도 모르지만, 계획은 함께 생각하면 된다.

첫 가족 여행에서 나도 조금은 성장할 수 있었다.

"그럼, 나는 방에 가서 바로 잘래. 내일 아침에도 헤엄치고 싶어."

그 말에 나는 조금 딱딱한 얼굴로 말했다.

"그건 괜찮다만, 부디 헌팅은 조심해라."

"……마왕이 아버지라면 괜찮지 않을까?"

안젤리카가 포기한 듯한 얼굴로 말했다.

확실히, 마왕의 딸에게 손을 대려는 녀석은 헌팅하는 게 아니라 헌팅을 당할 테니까.

"나는 이제 딱히 그 일을 마음속에 두고 있지 않다만……."

"그렇겠죠── 마왕님은요."

토르아리나에게 1초 만에 부성낭했다.

"아니 그런 뜻이 아니야. 애초에 이맘때만 되면 집무실에 오는 놈들의 표정이 전부 어두워서 도리어 내가 거북하다고."

나와 마주치는 족족 「그때는 큰일이셨지요……」같은 소릴 하니, 나도 의식을 안 하려야 안 할 수가 없단 말이다.

"그야 마왕님이 거동이 수상하니, 일하러 오신 분들도 침통한 표정을 지을 수밖에 없죠. 원인을 따지자면 마왕님 잘못입니다."

토르아리나는 이럴 때도 눈치 보지 않고 간언을 한다.

그래서 그녀를 비서로 삼은 거지만.

"크, 내키지 않지만, 네가 그렇게 말한다면 그런 거겠지."

"저기, 무슨 이야기를 나누고 계십니까~?"

프라이세가 아무 생각 없이 나에게 물었다.

"프라이세, 지금 처음으로 네가 이 자리에 있어서 다행이란 생각이 들었다."

무거운 분위기를 사정없이 박살 내 버렸다.

"어, 그 말은 저를 첩으로 삼아 준다는 건가요!? 됐다! 됐어! 이제 사치 삼매경에 빠질 수 있다~!"

아니, 그건 아닌데. 그야 이 뻔뻔함 덕분에 무거운 공기를 걷어

낼 수 있었던 거지만.

“프라이세 씨, 당신도 마족이라면 마족의 중대 사건 정도는 기억해 주세요.”

토르아리나가 쓴소리를 했다. 근데, 아까도 말했듯 나는 이제 신경 쓰진 않는다만…….

“중대 사건? 아, 제 조상이 나라에 낼 세금을 적게 신고한 게 들켜서 영지가 큰 폭으로 줄어든 건인가요?”

“그런, 당신의 어제 저녁밥 메뉴가 뭐였는지 같은 수준의 사건이 아닙니다.”

“아니, 중대하다고요? 선조가 저런 짓을 안 했다면, 저도 좀 더 제대로 된 생활을 하고 있었을 거예요!”

“──4천왕이 난을 일으킨 날입니다. 그 때문에, 사사야 님이 돌아가셨고요.”

토르아리나의 말에 프라이세의 표정이 굳어졌다.

나로서는 공기가 너무 무거워지는 건 사양이다만, 내 앞에서 그런 이야기를 들으면 숙연해질 수밖에 없을지도 모른다.

“아, 사천왕이 난을 일으킨 게 3일 뒤였군요……. 마왕님의 전처가 언제 돌아가셨는지는 모릅니다만…….”

“그 4일 뒤였어. 모든 회복 마법이 효과가 없는 맹독 무기로 공격당해서 어쩔 방법이 없었지.”

지금으로부터 323년 전의 일이다.

반란을 일으켜 성을 포위한 사천왕에게, 내 아내 사사야는 전력으로 맞서는 길을 선택했다.

“나는 부재중이었으니 순순히 성문을 열었으면 좋았을 것을, 그런 건 마왕의 아내가 할 만한 행동이 아니라면서 듣질 않아서……. 덕분에 그 녀석의 숨이 끊어질 때까지 침대 옆에서 화를 냈지.”

그런데도 마지막에 사사야는 웃거니 침대 옆에 있는 내 손을 잡고 힘을 줬었다.

게다가, 이런 말을 했다.

——당신, 이제 나를 위해서 살 필요는 없어. 당신은 아직 다시 시작할 수 있는 나이니까. 내가 아니라, 살아 있는 사람을 지키기 위해서 살아줘.

적어도 마왕으로서의 직무는 완수하고 있어, 사사야.

너의 죽음을 무의미하게 만들 수는 없으니까.

덕분에 일을 건성으로 할 수도 없으니 큰일이다.

올해도 기일에 성묘할 테니, 기다려 줘.

“마왕이라서 좋지 않은 일도 있군요……. 사사야 씨 일족도 이제 대가 끊겼고요……. 마왕님이 사사야 씨의 묘도 쭉 지켜야 하겠군요.”

기적적으로 하게 된 연애 결혼이었으니까. 사사야는 친척이 없는 평민 출신이었지만, 그녀의 더러움이 없는 삶의 방식에 반해

결혼했다.

프라이세까지 어두운 표정을 지었다. 아니, 너는 계속 아무 생각 없는 태도로 서류 작업을 해 줬으면 좋겠는데.

물론 그런 말을 했다간 진짜 마음대로 행동할 테니 말하지는 않겠지만, 무드 메이커 역할을 해줬으면 한다.

"저는 먹을 수 있는 풀과 독초를 헷갈려서 괴로워했던 것 말고는 위기랄 것도 없었는데 말이죠……. 약소 왕족에게는 아무도 관심을 가지지 않아서……."

"평화로운 게 제일 좋지……."

닷틀 공작가가 화제가 되는 건 아마 100년에 한 번꼴이 아니려나…….

"300년도 더 된 일이다. 지금은 성묘 가는 것 외에는 특별한 것도 없어."

"그렇지만, 올해부터는 마왕님도 상황이 다르잖아요."

프라이세가 다시 작업을 시작하면서 말했다.

"새 부인이 생겼으니까요. 아무 말 없이 혼자 성묘하러 가는 것도 방법이지만, 나중에 알게 되면 분위기가 이상해질 거예요. 꽤 어려운 문제네요~."

"……정말이군."

몇 시간 유급 휴가를 쓰고 그사이에 성묘를 끝낼 생각이었지만 ――그런 걸 말하지 않고 하면 레이티아 씨도 심경이 복잡해지겠지…….

하지만 이건 이야기를 꺼내 봐야 아무도 이득 볼 것이 없는 화제다.

그저 슬픔을 나누는 꼴이 될 뿐이다.

전처를 아직도 깊게 생각한다는 이미지를 주면 도리어 레이티아 씨도 곤란하지 않을까.

그건 내가 바라는 게 아니다.

“저기, 프라이세, 토르아리나, 이럴 때는 어떻게 하면 좋을 것 같아?”

“글쎄요?”

“특수 케이스라 모르겠네요. 가정일은 가정에서 어떻게든 해주세요.”

그렇지.

이런 문제에 올바른 해답 같은 건 없다.

좋아.

레이티아 씨에게 이야기하기 전에, 안젤리카에게 이야기해 볼까.

나보다 훨씬 오랫동안 레이티아씨와 살아 온 안젤리카라면 반드시 묘안을 내줄 거다.

묘안이 나오지 않는다고 해도 우선 안젤리카에게 이야기하면 레이티아 씨에게 이야기하는 걸 예행연습으로 삼을 수도 있고!

나는 집으로 돌아와서 안젤리카와 마법 대련 도중에 성묘 건을 꺼냈다.

"그렇구나."

무거운 화제라서 그런지, 안젤리카도 성실한 표정으로 팔짱을 끼고 생각에 잠겼다.

"뭐, 아무 말도 없이 혼자 성묘하는 건 안 돼. 그건 확실해."

"역시 그런가?"

"엄마 시점으로 보면 남편이 다른 여자를 숨어서 만나는 거나 마찬가지잖아. 그야, 마법으로 세뇌라도 하지 않는 한 엄마가 질투하지는 않겠지만."

넓은 의미로는 바람이나 마찬가지 아닌가.

"게다가, 나는 이게 마왕이 소심해서 나온 걱정이라고 생각해. 3년 뒤나 5년 뒤에 말하면 그게 더 이상하잖아. 차라리 일찍 털어놓는 게 좋아."

"과연 용사구나. 정확한 조언이군."

"이 상황에 용사는 상관없잖아. 억지로 칭찬할 필요 없어."

안젤리카는 칭찬을 듣더니 부담스럽다는 표정이었다. 양부모와 의붓딸의 사이니까 아직은 마음의 벽이 남아있다. 이 정도는 인생의 향신료 정도니 상관없지만.

"게다가 나랑 엄마도 아빠 성묘가 있으니까 말이야. 결국은 피차일반이야. 들어 본 이야기로는 마왕 부인 기일이랑 그리 멀지도 않은 것 같고."

아, 그런가. 레이티아 씨도 나와 같은 상황이구나.

"좋아! 그럼 바로 레이티아 씨에게 사사야 성묘를 어떻게 할 건지 이야기해봐야겠군!"

"응, 그러는 게 좋아. 참나, 고민할 것도 아니잖아, 이거."

안젤리카도 살짝 웃어 주는 것처럼 보였다.

"안젤리카도 같이 가 줄래? 만약 분위기가 이상해지면, 분위기를 진환해 줘."

"마왕…… 멘탈이 중간보스 미만이잖아……."

아버지로서의 위엄은 얻지 못했군.

나는 안젤리카를 데리고 설거지를 하고 있던 레이티아 씨에게 갔다.

"레이티아 씨, 할 이야기가 있습니다."

"무슨 일이에요, 갈트 씨? 도시락에 싫어하는 반찬이라도 있었어요?"

그런 화제에 안젤리카를 데려왔다간 안젤리카에게 영영 무시당할 것 같은데.

나는 간결하게 내용을 이야기했다.

안젤리카에게 털어놓으면서 한 번 예행 연습을 했으니, 이야기를 꺼내는 건 어렵지 않았다.

"――그래서 이번에 사사야의 묘에 성묘하러 다녀오겠습니다. 지금의 부인인 레이티아 씨에게도 이야기하려고 생각했거든요."

"아아…… 갈트 씨는 그런 괴로운 경험을 하셨었죠……."

레이티아 씨의 눈이 평소보다 처졌다.

거기에는 연민이라는 감정이 깃들었다.

역시 슬프게 만들었나. 하지만 나는 레이티아 씨의 그런 착한 마음씨에 반한 거다.

다만, 그 뒤에 나온 말은 내 예상과 어긋났다.

"갈트 씨, 저도 그 성묘에 따라가도 될까요?"

"네?"

나는 잠깐 멍하게 서 있었다.

그리고 머릿속에 「위험!」이라는 말이 떠올랐다. 물리적으로 위험하다.

"레이티아 씨, 마족이 사는 지역에 있는 묘지에는 야생 몬스터가 출현할 가능성이 있어요! 마음은 기쁩니다만……."

"하지만 꼭 사사야 씨에게 새 아내가 된 사람이라고 전하고 싶어요. 묘라고는 해도 한 번은 인사하러 가고 싶었거든요. 게다가 제 전남편 무덤에도 몬스터가 나오거든요. 왕두더지라든지, 가시노린재라든지."

그런 흔한 놈들과 마족 땅에 나오는 몬스터를 똑같이 생각하는 건 문제가 좀 있지만, 레이티아 씨는 모험가가 아니니까 따져도 의미가 없다.

그리고 레이티아 씨의 진지한 눈동자를 보니 거절하기 힘들었다.

애초에 여기서 내가 레이티아 씨의 부탁을 딱 잘라 거절하면 오히려 뭔가 숨기는 것 같아 떳떳하지 못한 기분이 들지도 모른다.

아니, 죽은 아내와 밀회할 방법이 있긴 한 건지 모르겠지만, 무덤 앞에서 「세상에서 너를 제일 사랑해. 지금 아내보다 사랑해」라고 말할지도 모른다는 의혹이 생길 수는 있다.

물론, 레이티아 씨는 그런 생각을 하지 않겠지만, 보편적인 가치관으로는 그렇겠지.

다만, 아무리 그래도 내 명예를 지키기 위해 레이티아 씨를 위험에 빠트리는 건 좀…….

"하…… 그럼 나도 같이 갈게."

나와 레이티아 씨의 대화에 안젤리카가 끼어들었다.

"나랑 둘이서 엄마를 지킨다면 안전도 확보할 수 있겠지. 그럼 괜찮지 않을까?"

안젤리카도 점점 마왕과 일반 여성인 레이티아 씨 사이의 중개 역할에 능숙해지는 것 같구나. 마음은 고맙다만——

"묘지 주변에는 강력한 몬스터도 나온다. 자칫하면 내가 너까지 지켜야 할 수도 있다만?"

"용사를 얕보지 마! 여유롭게 쓰러트릴 테니까 안심해!"

그렇게 해서 가족 셋이서 성묘하러 가게 됐다.

출발하기 전, 나는 비는 시간을 이용해 메모를 만들어 출발 전날에 안젤리카에게 건넸다.

"안젤리카, 이걸 참고해라."

던전 이름 마왕과 그 일족의 무덤

공략 난이도 ★★★★☆

출현 몬스터

●마족의 땅 숲 왕바퀴벌레

집에 나오는 바퀴벌레와는 다르다.
장갑이 딱딱하니 장기전이 될 위험이 있다.
공격을 받으면 이따금 마비된다.

●그레이브 야드 웜

한마디로 커다랗고 긴 웜.
반으로 잘라도 각각 움직이며 따로
공격해오므로 함부로 자르는 건 좋지 않다.
검으로 공격할 때는 찌르자.

●저주의 갑옷

계속해서 통한의 일격을 날리니 요주의.
갑옷 틈새에 검을 찔러넣으면 대미지를 줄 수 있다.

원 포인트 어드바이스

무덤 안에 귀한 보석이 있을 때도 있지만,
중죄니까 무덤에 손대지 말 것.

"왜 공략집을 만든 거야!"
"딸의 안전을 생각하면 당연하지. 마족 땅은 그만큼 무서운 곳이다."

◇

사사야의 기일에 나는 한 번 집에 돌아가서 둘과 합류했다.
"레이티아 씨가 상복을 입고 있는 건 괜찮습니다만…… 안젤리카, 왜 너까지 상복이야?"
모험가 복장이 아니라 검은 드레스를 입고 있었다.
"성묘 가는 거니까 당연히 이래야지. 목에도 부적을 붙였어."
"너는 싸워야 할 수도 있으니 모험 복장으로 갈아입어."
메모에도 썼지만, 통한의 일격을 날리는 몬스터가 나온다. 방어력은 높을수록 좋다.
"네네, 걱정도 많네. 알았어."
안젤리카도 요즘은 내 말을 잘 들어준다.
"근데 어차피 공간 전이 마법으로 가는 거 아니야? 몬스터랑 마주칠 일이 있어?"
나도 안젤리카가 저걸 궁금해할 줄은 알았다. 공간 전이 마법을 쓸 수 있는 사람이 자주 듣는 질문 베스트 3에 꼭 들어가는 질문이다.
"왜 그런지 금방 알 테니 얼른 갈아입고 와라……."

"안젤리카, 안전이 제일이야. 엄마도 부탁할게."

"알았어. 지금 가지고 있는 장비 중에서 최강의 장비로 갈게. 이 드레스 입는 거, 되게 귀찮았는데……."

안젤리카가 모험가 차림으로 돌아왔으므로 나는 공간 전이 마법을 썼다.

우리는 단숨에 마왕과 그 일족의 묘지에 왔다.

다만, 그 입구 앞까지.

그 앞으로 묘역이 끝없이 펼쳐져 있었다. 일부분은 숲이 된 곳도 있었다. 저건 묘에 나무가 자랐기 때문이다. 모든 무덤을 관리하는 건 아니니까.

"여기서부터 걸어가자. 꽤 오래 걸리니까 각오하렴. 아, 레이티아 씨는 힘들면 바로 말씀해주세요. 제가 안고 옮겨드리겠습니다."

"딸 앞에서 껴안지 마. 그것보다, 왜 입구로 온 거야……?"

그러니까, 전이는 그렇게 만능이 아니라니까.

"공간 전이 마법은 입구로만 갈 수 있다. 무덤일 경우엔 묘지의 입구까지밖에 안 되는 거지. 여기서부터는 쭉 걸어가야 해. 그리고 걸어가는 동안에 몬스터가 나올 위험이 있다."

던전은 아니지만 사실상 던전 그 자체나 마찬가지다. 안젤리카의 힘으로는 고전할 만한 몬스터가 잔뜩 나온다.

"마왕의 무덤에 몬스터가 나오지 않게 관리할 수는 없어?"

"마스게니아 왕국에 있는 무덤도 묘지 안에 서식하는 지렁이,

벌레, 새까지는 다 없앨 수 없잖아. 여기도 마찬가지야. 다만 그 지렁이, 벌레, 새가 좀 위험할 뿐이지. 약한 마족이라면 성묘하러 왔다가 자기가 죽어서 보석이 된 채로 무덤에 들어가게 되겠지."

"그럼, 약한 몬스터가 있는 곳에 무덤을 만들면 되잖아."

안젤리카의 말은 이치에 맞지만, 동의할 순 없다.

"약한 마족이 올 수 없는 곳에 무덤을 만드는 것도 일종의 스테이터스다. 마족들은 가혹한 환경을 지배하는 자가 더 위대하다고 생각하거든. 덤으로 무덤을 털려는 도둑도 막을 수 있고."

"그러고 보니, 인간이 사는 곳에 나오는 몬스터는 평화로운 곳에 나오는 아이들이니까 약하다는 이미지가 있네요~."

레이티아 씨의 말이 옳다.

"그렇죠. 그래서 약한 마족은 마족 땅에서는 성묘조차 할 수 없는지라, 인간 왕국 영토 내에 묘를 만듭니다."

"그거, 꽤 문제가 될 거 같은데?!"

"마족의 토지에 살 수 없는 마족은 낙오자나 마찬가지니 어쩔 수 없지."

그럼, 이제 출발이다.

"안젤리카, 나는 비전투원인 레이티아 씨를 지키는 걸 우선하겠다. 너의 몸은 할 수 있는 한 스스로 지켜라. 방어에 집중하면 치명상은 피할 수 있을 거다."

"알았어……. 솔직히 이런 음산한 묘지에 곧바로 묻히기는 싫으니까, 노력할게……."

"아니, 너는 마왕의 딸이니, 어딘가에서 천수를 다한다고 해도 이 묘지에 묻힐 텐데?"

"으아—! 어쩌지, 상상하니 기분 나빠! 좀 더 태양 빛이 쏟아지고, 산토끼가 뛰노는 곳에 묻히고 싶어!"

"산토끼가 뛰노는 묘라니, 그 토끼 녀석들이 주위에 똥을 마구 쌀 텐데? 너, 비석 위에 똥을 싸도 괜찮겠어?"

"그런 구체적인 상상 따윈 필요 없어!"

하긴. 동물의 똥까지 생각한다면 묘를 만들기는 거의 불가능에 가까울지도 모른다…….

"그리고, 폭발 마법을 써서……."

"절대 쓰지 마라. 비석이 부서지면 곤란하니까……."

나는 레이티아 씨를 감싸듯 지키며 걷기 시작했다.

아내를 지킬 수 없는 남편은 세상의 웃음거리다. 하물며, 그게 마왕이라면 더 부끄럽다.

나는 내가 없는 사이에 아내를 잃었다.

이제, 두 번 다시 그런 경험은 하지 않는다!

그런 내 뜨거운 기백에 압도당했는지, 야생 몬스터도 내가 있는 곳으로는 다가오지 않았다.

"생각보다 쾌적하네요~. 황량한 분위기에 익숙해지면 즐거울지도. 여기에만 사는 식물 같은 것도 많고."

"그렇군요. 식물에 흥미가 있으신 분은 재미있을지도 모르겠네요."

한편, 안젤리카는 계속되는 전투로 낑낑거리고 있었다.

"마왕을 피해서 내 쪽으로 몰려오는 거 같은데?! 이거, 전에 등산할 때랑 똑같은 전개잖아!"

"야생 몬스터는 본능적으로 약해 보이는 쪽을 노리니까."

"일부러 말하지 않아도 돼! 이, 정말! 여기서 득훈하면, 정말 강해질 수 있을 것 같은데!"

"그렇긴 하다만, 도중에 죽을 가능성도 있으니까, 추천은 안 한다."

그래도 안젤리카는 내 도움 없이 어떻게든 전투를 이어가고 있었다.

특훈의 성과가 나오고 있군.

30분쯤 뒤, 우리는 마침내 목적지에 도착했다.

거기에는 내 키만 한 비석이 서 있었는데, 마족 말로 이렇게 새겨져 있었다.

마왕 갈트 류젠의 아내 사사야 류젠, 여기에 보석이 되어 잠들다.

보석이 되어 잠든다는 표현은 묘비에 쓰이는 정형문이다.

목숨을 잃은 마족과 몬스터는 보석으로 모습이 바뀌기 때문이다.

"사사야, 올해도 왔어."

나는 우선 준비한 꽃다발을 사사야의 무덤 앞에 바쳤다.

"나도 성실하지. 지금까지 일 년도 빠뜨리지 않고 왔군. 이젠 너도 슬슬 귀찮아할지도 모르겠는데."

뒤에서 오열하는 듯한 소리가 들렸다.

안젤리카가 울고 있는 모양이다. 그 녀석, 잘 감동한다고 할까, 이럴 때 잘 울어버린다. 이것도 용사답다고 하면 용사답지만.

"풀이 많이 자랐군. 또 청소해 줄게. 마왕의 힘이라면 어떤 잡초든 간단히 뽑아낼 수 있으니까. 아, 그리고, 소개할 사람이 있어."

뒤로 돌아서 레이티아 씨와 안젤리카에게 시선을 돌렸다.

"재혼했어. 레이티아 씨와 그 딸인 안젤리카야. 너에게 반한 뒤로 두 번째 결혼이다."

레이티아 씨가 묘를 향해 미소 지었다.

그에 비해 안젤리카는 거기에 정말로 사사야가 서 있다는 듯이 차렷 자세로 굳어 있었다.

"사사야 씨, 레이티아입니다. 갈트 씨와 즐겁게 살고 있습니다. 만약, 당신이 살아 있었으면 분명 친구가 될 수 있었을 텐데, 그럴 수 없어서 유감이네요."

평상시와 다름없이 느긋하게, 자애로 가득 찬 표정으로, 레이티아 씨가 묘에 말을 건넸다.

"처, 처음 뵙겠습니다! 용사 안젤리카입니다! 옛날에는 마왕과 싸웠지만, 지금은 의붓딸입니다. 자, 잘 부탁드립니다!"

안젤리카는 마치 면접이라도 받으러 온 것 같은 태도였다. 이 녀석, 이렇게 고지식한 구석이 있었던가?

"거짓말이 아닙니다! 그럭저럭 즐겁게 지내고 있습니다! 그, 그러니까…… 저주 같은 건 걸지 말아 주세요……."

"저주를 걸 리가 없잖아! 왜 저렇게 긴장하나 했더니, 그런 이유였냐!"

"그렇지만…… 적어도 마왕이 엄마랑 만날 때까지 마왕을 제일 사랑하던 마족이잖아……. 마왕과 싸운 적이 있는 나는, 저쪽에서 보면 그야말로 저주하고 싶을 상대일 거라고……."

"그러니까, 저주 같은 건 없다니까! 무덤 안에서 저주 마법을 걸 수도 없고! 너도, 저주 같은 걸 믿고 있으면 용사로서 마족이랑 싸울 수 있을 리가 없잖아!"

"가끔, 혼자서 밤에 화장실에 갈 수 없게 돼서, 세레네에게 같이 가달라고 했는데……."

이런 곳에서 뜻밖의 정보를 들었다.

"어쨌든, 내 전 아내는 저주 같은 건 안 걸 테니 걱정하지 마라! 생전에도 작은 일에 구애되지 않는 성격이었어!"

――그때,

"후후후, 후후후!"

레이티아 씨와는 다른 웃음소리가 들렸다.

게다가, 매우 그리운 목소리였다.

나는 깜짝 놀라서 그 목소리가 들려오는 곳으로 고개를 돌렸다.

무덤 앞에―― 사사야가 서 있었다.

잘못 봤을 리가 없다. 틀림없는 사사야였다.

뿔도, 차분한 표정도, 잘록한 허리도, 전부 사사야의 생전 모습 그대로였다.

그러나 아무리 사사야의 모습이라 해도 나는 눈앞의 광경을 곧바로 받아들일 수 없었다.

사사야는 벌써 옛날에 죽었으니까. 이 무덤 아래에는 사사야 보석이 들어있다.

뭐야, 나는 환영이라도 보는 건가?

"으악! 귀신이다! 귀신이 나왔어!"

안젤리카의 반응을 보니, 다른 사람도 보이는 모양이었다.

"안젤리카, 사사야가 보이니?"

"보이고 말고, 거기 있잖아! 슬릿이 들어간 검은 드레스를 입고서 있잖아! 몸은 반투명이지만……!"

그러고 보니, 몸이 투명해서 뒤에 있는 무덤이 그대로 보였다.

"어머, 어머, 나, 귀신을 보는 건 난생처음이야~♪ 운이 좋네~!"

모험가가 아닌 일반인인 레이티아 씨조차 보이는 건가. 반응이 좀 이상하긴 하지만.

"맞아요, 귀신이에요. 사사야 귀신이에요. 여보, 오랜만이야. 그리고 두 분, 처음 뵙겠습니다."

사사야는 우리에게 궁정 식으로 인사했다.

그러나 정작 나는 놀라움이 가시지 않아서 아무런 반응도 나오질 않았다.

"사사야……인가? 어떻게 이런 일이……."

"나도 확실한 건 모르겠지만 언젠가 의식이 생겼어. 보석이 남아있으니까, 거기에 생전의 정신 같은 게 돌아온 게 아닐까?"

사사야는 침착했지만, 나는 아직 심란했다.

특히 안젤리카가 "귀신, 무서워…… 저주받을 거야……" 하고 중얼거리며 무서워하고 있었다.

도저히 모험가가 보일 태도는 아니었지만, 놀랄만한 사태이긴 했다. 말 그대로 무덤에서 귀신이 나왔으니…….

"아마, 보석이랑 여기의 흙이 궁합이 좋았던 것 같아. 움직일 수 있게 된 건 얼마 전이었지만, 묘, 아니 보석에서 멀리 떨어진 곳으로는 움직일 수 없어."

사사야가 그 주위를 빙글빙글 돌았다.

"저기, 마왕, 마족들 사이에서도 죽은 자가 귀신이 된다는 이야기가 있어?"

안젤리카, 귀신이 무서운 주제에 굳이 물어보는 거냐.

"귀신은 크게 두 종류가 있다."

"어려운 이야기는 가능한 한 쉽고 알기 쉽게 해줘."

바라는 게 많군.

"우선, 이른바 마족이나 몬스터의 일종인 요괴가 있지. 이건 너도 쓰러트린 적이 있을 거다. 다른 몬스터처럼 쓰러트리면 보석이 된다."

"응, 쓰러드린 적이 있어. 평범하게 검으로. 설령 검이 안 통해도 공격 마법은 먹혔어."

그래, 그 녀석들은 그리 드물지도 않다.

"그리고 다른 하나는 네가 무서워하는 괴담 같은 데에 나오는 귀신이지……. 그야말로 무덤에서 이상한 사람 형체가 나타난다든가……."

"그럼, 눈앞에 있는 건 귀신이잖아! 마족 귀신이라고!"

안젤리카는 레이티아 씨 뒤에 숨었다.

용사가 어머니를 방패로 삼지 마라…….

하지만 이건 정말 귀신이라고 해야 할 상황인데.

"레이티아 씨였나요?"

사사야가 조금 자세를 고치고 레이티아 씨 쪽으로 고개를 돌렸다.

아니…… 설마 진짜 저주를 걸려고……?

"네, 레이티아입니다. 사사야 씨, 왜 그러세요~?"

레이티아 씨는 이런 일이 일어났는데도 전혀 당황하지 않았다.

겉으로는 모르겠지만, 간 크기는 호걸 수준인가 보다.

"남편을 잘 부탁할게요."

사사야가 다시 레이티아 씨가 있는 곳으로 다가갔다.

위치만 보면 나타난 장소 그대로였지만 만약 자유롭게 움직일 수 있었다면, 레이티아 씨 바로 옆까지 갔겠지.

"남편은 서투른 남자예요. 제가 봐도 좀 더 계략을 쓰는 게 좋겠다고 생각할 정도입니다. 당신을 힘들게 할지도 모르겠지만,

부디 잘 지지해 주세요."

사사야의 태도에는 절실한 바람이 담겨 있었다.

"저는 이곳에서 움직일 수가 없습니다. 부탁을 드리는 수밖에 없어요. 인간이 감당하기 힘든 일도 많겠지만——."

"맡겨 주세요, 사사야 씨."

레이티아 씨가 다가가서 사사야의 손을 살짝 양손으로 감쌌다.

"귀신이 되어서까지 나온 걸 보면 정말 강한 마음을 가지셨군요. 저로 괜찮으시다면 뭐든 이야기해 주세요. 갈트 씨를 사사야 씨 대신에 지지할 테니까요."

귀신 사사야의 눈동자에 눈물이 고여 있었다.

단지, 그 눈물은 눈에서 떨어지자 사라졌다. 귀신이라 그런가.

"감사합니다. 남편에 대한 건 뭐든 물어 주세요."

나도 가슴이 아팠다.

사사야와 만날 수 있어서 기쁘다는 마음보다 사사야를 지킬 수 없었던 후회가 떠오르려 했다.

"마왕, 슬픈 얼굴 하면 안 돼."

안젤리카가 내 등을 밀고 있었다.

"안젤리카……?"

"모처럼 만났는데, 사사야 씨에게 실례야. 좀 더 기뻐해야지. 건강하게 살아 있다며 얼굴을 보여줘야지. 그 정도는 귀신을 처음 본 나도 알겠어."

시낭하구나. 이런 태도로는 이제 사사야를 불안하게 만들 뿐이다.

나도 사사야에게 다가갔다.

"사사야, 이런저런 일이 있었지만, 나는 제대로 하고 있어. 마족과 인간의 분쟁도 끝냈지. ……굳이 말하자면, 레이티아 씨와 결혼했기에 전쟁도 끝난 거지만."

아니, 그 전부터 전쟁을 멈추려고 움직이고는 있었다.

"그런 것 같네. 나도 안심했어."

사사야는 생전과 변함없는 천사 같은 미소를 내게 보여줬다.

"그런데……."

사사야의 시선이 다시 레이티아 씨에게 향했다.

"당신, 나처럼 가슴 큰 사람이랑 재혼했네?"

전 부인이 터무니없는 소리를 했다!

"어이! 표현을 좀 더 골라서 해줘!"

안젤리카가 재빠르게 사사야와 레이티아 씨의 가슴을 쳐다봤다.

"진짜다……. 엄마도 그렇지만, 사사야 씨도 가슴이 커! 마왕은 가슴이 큰 사람을 좋아하는구나…… 조금 경멸할 것 같아."

"잠깐, 잠깐! 딱히 가슴으로 재혼한 게 아니다! 그건 우연이다!"

재혼 이래 최대의 위기였다. 전력을 다해 변명해야만 한다.

"갈트 씨, 그랬나요~?"

"레이티아 씨도 진심으로 받아들이지 마세요?!"

"그리고, 남편은 다리 페티시즘이 있으니까, 다리가 잘 보이는 옷을 입으면 좋아합니다."

사사야가 추가타를 날렸다!

"그러고 보니, 사사야 씨의 옷, 다리에 슬릿도 들어가 있네. 허벅지까지 보이잖아."

아니, 안젤리카의 얼굴이 한 층 더 경멸로 물들었잖아! 진짜 그만해줘!

그 후, 귀신 사사야와도 쌓인 이야기를 하면서 분위기가 달아올랐다.

내 이야기의 태반은 이쪽의 근황 보고였다.

사사야는 여기에서 움직일 수 없으니 마족의 시사 이야기도 아무것도 몰랐다.

그리고, 내가 이야기를 계속하지 않으면——

"그래서, 남편도 참, 실수로 내 방을 썼어요. 생활용품이 여성용이니까 보통은 바로 눈치챌 텐데."

"마왕, 그런 건 옛날부터 천연이었구나."

"흐뭇하네요~."

이런 식으로 과거의 실패담을 한다!

이럴 때, 남자가 혼자면 주눅이 든단 말이지…….

이야기가 활기를 띠어서 어느샌가 해가 지고 있었다. 마족 영역은 원래 인간의 땅보다 살짝 어둡지만 그래도 밤에 비할 바는 아니다.

슬슬 여기를 벗어나야 한다. 어두워지면 나라도 레이티아 씨를 지키기 힘들어진다.

"사사야, 미안하지만, 이제 가야겠어."

"그래. 오래 잡고 있어서 미안해."

사사야도 나에게 새 가족이 있다는 걸 알고 있다.

"다시 귀신…… 아니 영혼이 사후에 왜 나타나는지를 학자들에게 연구하라고 명령할게. 그렇게 하면 너도 돌아다니거나 재생——."

"그건 신경 쓰지 마. 이렇게 모습을 보여줄 수 있는 것만으로 기적이라고 생각할 정도니까."

사사야는 작게 목을 좌우로 흔들었다.

"그것보다, 부탁이 있어."

"그래, 뭐야?"

"당신의 딸, 잘 길러."

사사야의 눈동자가 안젤리카를 응시하고 있었다.

"그 아이는 내 아이이기도 하니까. 상처입히거나 하면 용서하지 않을 거야."

내가 대답하기 전에——

"네! 훌륭한 용사가 될게요!"

안젤리카가 선언했다.

"지금은 마왕이 될게요, 라고 해줬으면 했는데."

사사야가 쿡쿡 웃었다.

정말, 특별한 성묘가 됐네.

집에 돌아온 후, 집을 나설 때 주방에서 안젤리카가 이렇게 말했다.

"갑자기 엄마가 한 명 늘어났네. 나도 긴장을 늦출 수가 없겠어."

"고맙다, 안젤리카."

나는 정말로 안젤리카의 말이 기뻤다.

안젤리카는 이제 아이가 아니다. 벌써 정신적으로 쑥 성숙했다.

"한심한 모습을 보이면, 저주받을지도 모르고……."

자신의 양어깨를 누르면서 안젤리카는 몸을 부르르 떨었다.

"아직 귀신이 무서운 거냐!"

내 전 아내를 믿어줬으면 좋겠는데!

덧붙이자면, 다시 사사야의 묘에 갔는데――

"움직일 순 없지만 여기서 만나는 건 언제든지 가능한 것 같아."

또 반투명한 사사야가 나왔다.

"이러면 굳이 기일을 기다렸다 성묘할 이유가 없잖아……."

내 가족 관계는 특수하다고 할까, 복잡해진 것 같다.

후기

오랜만입니다! 모리타 키세츠입니다! 마왕 재혼 (이름이 길어서 이렇게 생략합니다) 2권입니다!

그럼, 우선, 먼저 말씀드릴 게 있습니다.

만화화 시작했습니다아아아아아아아!

만화화 시작했다구요오오오오오!

(거의 같은 말을 두 줄 적어서 임팩트를 보여주는 기법)

만화를 그려주시는 분은 이쿠하시 무이코 씨입니다! 원작 일러스트를 그려주신 스시* 씨보다 레이티아의 가슴을 세 배 크게 그려주셨습니다. (웃음).

연재 시간표는 만화 앱 망가완이 가장 빠르고, 그 뒤로 우라 선데이와 니코니코 세이카가 갱신됩니다.

만화 감상이야 얼마든지 있지만, 모두 열거할 수 없으니 한 마디만 가져오겠습니다.

레이티아의 색기가 위험합니다. 아니, 에로합니다.

그야, 마왕도 갑자기 프러포즈할 정도니까요. 저도 이세계에 전생할 기회가 있다면 프러포즈할 것 같군요.

왠지 레이티아 이야기만 하는 것 같아서 좀 그렇습니다만, 당연히 안젤리카도 힘차게 날뛰죠! 약간은 평범하지 않은 새로운 가족의 여러 부분을 지켜볼 수 있어서 기쁘네요!

여기서부터는 2권 이야기를 하겠습니다. 무엇을 했는지는 책에 쓰여있으니 요약하자면── 마왕과 딸인 안젤리카의 거리감이 줄어들었습니다. 1권에서는 마왕이 안젤리카에게 조심스럽게 다가가는 모습이었다면(물론, 갑자기 의붓딸이 생겼으니 조심해야죠), 이번에는 어느 정도 거리가 줄어 서로 하고 싶은 말을 할 수 있게 되었습니다. 그리고, 안젤리카도 마왕을 아버지로서 신뢰하기 시작했지요. 3권에서는 또 다른 단면에서 이 가족 이야기를 쓸 예정입니다. 잘 부탁드립니다!

남은 분량은 적지만, 감사 인사를 하겠습니다. 일러스트 담당 스시* 씨, 이번에도 최고였습니다! 그리고, 소설가가 되자 연재부터 응원해주신 분들, 가가가 북스에서 쫓아와 주신 분들, 만화에서 와 주신 분들, 모두 정말 감사합니다!

또 3권에서 만나요!

**마왕입니다. 여용사의 어머니와 재혼해서,
여용사가 의붓딸이 되었습니다. 2**

2020년 9월 8일 1판 1쇄 인쇄
2020년 9월 15일 1판 1쇄 발행

저 자 모리타 키세츠
일러스트 스시*
옮 긴 이 정명호
발 행 인 유재옥
본 부 장 조병권
담당편집자 조찬희
편 집 1 팀 김민지 정영길 조찬희
편 집 2 팀 김다솜 이본느
편 집 3 팀 김혜주 김하람 곽혜민 오준영
라이츠담당 김슬비 한주원
디 지 털 박상섭 이성호 최서윤
발 행 처 ㈜소미미디어
인쇄제작처 코리아피엔피
등 록 제2015-000008호
주 소 서울시 마포구 토정로222, 403호 (신수동, 한국출판콘텐츠센터)
판 매 ㈜소미미디어
마 케 팅 우희선 이주희 한민지
전 화 편집부 (070)4164-3962, 3963 기획실 (02)567-3388
판매 및 마케팅 (070)4165-6888, Fax (02)322-7665

ISBN 979-11-6507-997-0 04830
ISBN 979-11-6507-169-1 (세트)